火の国から愛と憎しみをこめて

西村京太郎

祥伝社文庫

目次

第一章　西大山《にしおおやま》駅（一年前）

1

三月三日、警視庁捜査一課の三田村《みたむら》刑事は、再び西大山《にしおおやま》駅のホームに、立っていた。

同僚の、北条早苗《ほうじようさなえ》刑事に断って、この日一日、鹿児島《かごしま》での捜査を、抜けてきたのだ。

今までの三田村にとって、三月三日といえば、単なるひな祭りの日でしかなかった。男の彼にしてみれば、関係のない日だった。それが、去年から特別な日になった。本当に特別な日になるのかどうか、それを確認しに来たのである。

西大山駅は、ＪＲ鹿児島中央駅と枕崎《まくらざき》駅を結ぶ、指宿《いぶすき》枕崎線の二十一番目の、かわいらしい、小さな無人駅である。

きれいに掃除され、美しい草花が、植えられたホームでは、観光客らしい若いカップルが、しきりに駅周辺を、写真に撮っていた……。

去年の二月末、東京《とうきよう》都内で起きた殺人事件で、拳銃を所持したまま逃亡している犯人を、三田村は、同僚刑事と追っていた。

2

全てが、去年の二月二十一日に始まっているのだ。

あの日の夜、都内の田園調布《でんえんちようふ》の一角にある豪邸で、一人の女性が射殺された。被害者の名前は千原玲子《ちはられいこ》、五十二歳の女優である。

彼女は、二十歳で、ミス日本に選ばれ、一年後に芸能界に進出した。若い頃は、その類《たぐい》まれな美貌《びぼう》と、自由奔放《ほんぽう》な生き方が、当時の若者たちの憧《あこが》れの的《まと》にもなった。二回結婚し、二回とも離婚している。

アメリカ映画にも、出演したことがある。しかし、この映画は、さして、話題にならなかった。

五十歳を過ぎた今、資産は残ったが、名声は、残らなかった。

ただ、自由奔放な生き方は相変わらずで、二十年間もずっと、彼女のマネージャーを務めていた、五十歳の古株の男性をクビにし、二十代の若いマネージャーと、同棲《どうせい》するようになった。

二十七歳の、若いイケメンのマネージャーである。名前は坂本明《さかもとあきら》。

広い豪邸での二人だけの生活については、危ぶむ声が多かった。というのも、坂本明には、傷害の前科が、あったからである。

坂本明は以前、今回と同じように、年上の女性と同棲していたが、彼女の金を奪い、そのことを抗議した女性を痛めつけて、全治一カ月の、重傷を負わせた。そのための、傷害事件だった。

そうした世間の心配は、二月二十一日に現実のものになった。

千原玲子が射殺され、坂本明が、姿を、消したのである。

千原玲子は、つねに百万円の現金を手元に置いていた。その百万円が、消えていたので、犯人の坂本明は、千原玲子を殺し、百万円を奪って逃走したものと、断定された。

そして、犯人、いや、まだ、容疑者の坂本明を追って、警視庁捜査一課、十津川《とつがわ》班の刑事たちが動き始めた。

三田村も、その一人だった。

坂本明は熊本《くまもと》で生まれ、鹿児島の大学を卒業した後、俳優を志《こころざ》して、東京にやって来ている。そこで、三田村たち刑事は、坂本明を追って、九州に移動した。

坂本明の両親は、すでに、二人とも死亡していたが、坂本の親戚《しんせき》や親しい友人たちは、主として、南九州に散らばっている。その一人一人から、三田村たちは、坂本の消息を聞いていたが、三月三日、三田村刑事は、指宿枕崎線の西大山駅にいた。

小さな無人駅だが、ＪＲ日本最南端の駅として有名である。

坂本明の友人たちから、聞いた話によると、中学一年生の頃、坂本明は、一人でよく、西大山駅に行き、近くにそびえる、開聞岳《かいもんだけ》を見ていたという。

三田村は、坂本明が、昔のことを思い出して、開聞岳を見るために、西大山駅に行くに違いないと考えた。

しかし、刑事の中で、三田村の考えに、賛成する者は、一人もいなかった。ある刑事が、いった。

「今の坂本は、観光客でも、鉄道マニアでもないんだ。殺人を犯して、必死に、逃亡を図《はか》っている男だよ。そんな人間が、いくら子どもの頃に好きだったからといって、開聞岳を見るために、わざわざ、西大山駅になど行くものか。そんなことは、絶対にあり得ない」

だから、今、三田村は一人で、西大山駅のホームにいるのである。

ホームには、三田村のほかに、若い三人の男女がいた。いずれも、鉄道マニアらしく、盛んに、西大山駅の写真を撮《と》っている。

ＪＲも、この小さな無人駅を、売り出そうとしているようで、「ＪＲ日本最南端の駅」という看板を出したり、ホームを花で飾ったり、訪れた人たちが感想を書き込むノートが置いてあった。駅の外にも、昔風の郵便ポストが、置いてあったり、小さいが、駐車場があったり、花壇が、あったりする。

三人の男女が、乗ってきた乗用車で、消えてしまうと、ホームは、三田村一人だけになった。

三田村の目の前には、雄大な開聞岳が、そびえている。

中学一年生の頃、坂本明は、この西大山駅で、開聞岳を見て、過ごしていたという。二十七歳になった今も、開聞岳を見に、ここへ来るだろうか？

三田村が、そんなことを、考えていると、急に、後ろに人の気配を感じた。

振り向いた瞬間、そこにいた男が、拳銃を発射した。
胸に衝撃を受けて、三田村は、その場に、転倒した。
男が、ゆっくりと、近づいてくる。
倒れている三田村の眉間《みけん》の辺《あた》りに、銃口を、突きつけた。
「俺はね、追いかけられると、無性《むしょう》に腹が立つんだよ」
と、男が、いった。
その間にも、三田村の意識が、少しずつ、薄れていく。
どこかで、車の警笛が鳴っている。
途端に、目の前にいた男が、素早い動作で逃げ出した。
その時、三田村の意識は、消えた。

3

気がついた時、三田村は、どこかの病院の、集中治療室のベッドの上にいた。
胸が、焼けるように痛い。
医者が、三田村の顔を覗《のぞ》き込みながら、

「気がついたかね？　もう大丈夫だ」

と、いった。

「傷は、浅かったし、内臓や筋肉へのダメージも少ない。ほんのわずか心臓からそれていたので、助かったんだ。もし、あと三センチ、左に寄っていたら、心臓に命中して、君は、間違いなく、即死だった。まさに、間一髪だったね」

「誰が、私を、ここに、運んでくれたんですか？　救急車ですか？」

「いや、あまり人も来ないので、おそらく、気づいてもらえなかっただろう。若い女性が、倒れている君を見つけて、自分の車で、ここまで運んでくれたんだ」

「若い女性？　その人が、私を助けてくれたんですか？」

「そうだよ。彼女が、自分の車で、ここに運んでくれなかったら、手遅れになって、君は、死んでいたかもしれない」

「どこの誰か、分かりますか？」

「彼女は、いわば、君の命の恩人だからね。君が知りたがるだろうと思って、名前と電話番号を聞いておいたよ。あとで連絡したらいい」

医者が、それを書きつけた紙を、三田村に渡してくれた。

「ここは、どこの病院ですか？」

「喜入《きいれ》だよ」

「喜入?」

「そうだよ。日本一の、石油の基地があるところだ」

「ああ、分かりました。たしか、指宿枕崎線に、喜入という駅がありましたね」

「日本一の石油の備蓄基地ができたおかげで、それに関係する石油会社が、進出してきた。そのあと、喜入にも設備の整った病院ができたんだ。それがここだよ。君には、幸運だったんだ」

と、医者が、笑いながら、いった。

しゃべり疲れて、三田村は、自然に眠ってしまった。

4

三田村が、再び、目を覚ました時、胸の痛みは、少し和《やわ》らいでいた。

普通の食事を取ることはできないので、流動食を作ってもらい、それをゆっくりと食べた。

本来なら、真っ先に、十津川警部に連絡をとるべきなのだろうが、三田村は、わざとそうしなかった。その前に、命の恩人だという女性に、会って、礼をいいたかったからである。

若い看護師が、病室を覗いて、

「三田村さん、いらっしゃいましたよ、あなたの命の恩人が」

と、いって、ニッコリした。

若い看護師と一緒に、二十代の女性が、入ってきた。

しかし、その顔には、明らかに、戸惑《とまど》いの色があった。

「こちらの病院の先生が、どうしても、あなたに、会ってきなさいと、おっしゃるものですから」

と、女が、いった。

「何よりも、私が、お会いしたかったんですよ。あなたは、私の、命の恩人なんですから」

と、三田村が、いった。

「そんなふうにおっしゃられても、困ります。あそこに、偶然いただけですから」

困惑の表情で、女が、いう。

「先生に聞いたら、この病院に連れてこられるのが、遅れていたら、私は、死んでいたそうです。あなたは、命の恩人なんですよ。先生に聞いたのですが、たしか、高木《たかぎ》美由紀《みゆき》さんでしたね？」

三田村が、いったが、女性の顔には、これといった反応がない。

それで、三田村は、

「やはり、偽名ですか。それじゃあ、電話番号も、デタラメですか？」

「ごめんなさい。私、こういうことで、命の恩人だとか何だとかいわれるのが、とても嫌なんです。それに、自分を、過大評価されたくないんです」

「私としては、あなたは、命の恩人なんですから、何かお礼をしたいのですよ。できれば、本当の名前を、教えていただきたいのです」

三田村は、繰り返したが、相手は、ただ、微笑するだけである。

そのまま、帰ろうとする女性に向かって、三田村が、いった。

「分かりました。あなたの名前も、連絡先も、おききしませんが、一つだけ、約束してくれませんか？　私は東京の人間で、めったに、こちらのほうに来ることはありません。ただ、来年の三月三日には、もう一度、あの西大山駅に行ってみるつもりです。もし、その日に、時間があったら、西大山駅に、来ていただけませんか？　こんな提案、子どもじみていますか？」

三田村は、他人に対して、これほど、真面目《まじめ》な気持ちを、訴えたことは、一度もなかった。

女は、目を向けて、

「いいえ、子どもじみてるなんて、そんなことは、ありませんわ」

と、いった。

「私は、怪しい者では、ありません。ただ、敬遠されるかも、しれませんが、警視庁捜査一課の刑事です」

「存じています。お医者さんからお聞きしましたから」

「それでは、とにかく、私は、来年の三月三日の午後三時に、西大山駅に行きます。もし、気が向いたら、あの小さな無人駅に来てください」

三田村が、いうと、女は、

「申し訳ありませんが、今は、必ず行きますとは、お約束できません」

と、いい、姿を消した。

いまだに、身体《からだ》がふらつく。だが、三田村は、壁をつたうようにして女を追った。立ち止まって、廊下を見渡してみたが、女性の姿は、すでに、どこかに、消えてしまっていた。

五、六分もすると、医者が、病室に入ってきた。
「今、彼女が来てくれました」

と、三田村が、いうと、医者が、微笑して、

「命の恩人に会われて、お礼を、いわれたんでしょう?」

「ええ、お礼を、いいました」

「よかったですね」

「でも、先生から教えていただいた彼女の名前と携帯電話の番号は、違っていました」

「おかしいな。あの女性が、教えてくれたんですよ」

「でも、本人が、ウソの名前と、デタラメな、携帯電話の番号をいったと、いっていましたよ。自分のことは、あまり、知られたくないような、そんな感じでした」

「そうですか。多分、殺人事件と関わり合いになるのが、イヤなんじゃないですかね? あなたを撃った男は、東京で、人を殺して、逃げている男なんでしょう?」

「ええ、愛人だった五十二歳の女優を、射殺しています」

「彼女が、事件に巻き込まれるのを恐れて、尻込みするのも、当然なんじゃないですかね?」

「先生は、彼女と、話をされたんでしょう？」

三田村が、きいた。

「ええ、話しましたよ」

「何か、彼女の特徴を覚えていませんか？　どこの誰で、何をしている女性なのか、全部でなくてもいい。ほんのわずかでもいいんです。何か覚えていることがあったら、教えてください」

「そういわれても困りますね。それより、どうですか、まだ、痛みますか？」

「だいぶ、痛くはなくなりましたが、それでも、少しは痛みます」

「それなら、順調ですよ。あと一、二日もすれば、胸の痛みは、だいぶ、消えるでしょう。ああ、それから、今、あなたの、お仲間といったらいいのかな、北条という女性から電話がありましたよ。これからすぐ、こちらに向かうといっていましたよ」

と、医者が、いう。

「それは、北条早苗という、同僚の女性刑事です」

三田村が、いった。

二十分ほどして、北条刑事がやって来た。

持ってきた小さな花束を、枕元のコップに活《い》けてから、

「今、お医者さんに聞いたら、弾《たま》が、心臓を、わずかに外れていたんですってね」

三田村の顔を見て、ほっとしたように、早苗が、いう。

「そうなんだ。だから、助かった。あと数センチずれていたら、間違いなく、死んでいたと、いわれたよ」

「撃ったのは、坂本明に、間違いないの？」

「ああ、間違いない。撃たれた瞬間、坂本明の顔を、見たからね」

「撃たれたのは、指宿枕崎線の西大山駅ね？」

「ああ、駅のホームだよ。目の前に開聞岳が広がっているので、その山を見ていて、誰かの視線を、感じたので、振り返った瞬間、いきなり撃たれた。坂木が、どこに、逃げたのか分からないが、ヤツの行方は、つかめたのか？」

三田村が、きいた。

「鹿児島県警にも応援を頼んで、指宿枕崎線の周辺を隈《くま》なく探しているんだけど、まだ、見つかっていないわ」

と、いった後で、早苗は、続けて、

「退院は、いつ頃になるの？　これ、十津川警部からの、質問」

「医者は、明日一日、静養していれば、大丈夫だといってくれている。だから、あさってには、退院できる」

三田村の返事で、北条早苗は安心したのか、ニッコリしたが、その後、三田村に近づき、急に声を落として、

「さっき、お医者さんに、聞いたんだけど、命の恩人は、美人の若い女性なんですってね？」

「ああ、とにかく、撃たれて、倒れてしまった僕を、この病院まで、自分の車で、運んでくれたんだ。たしかに、命の恩人だ」

「じゃあ、女性の名前も、連絡先も、しっかり聞いたんでしょうね？」

「それが、教えてくれなかった」

「どうしてかしら？」

「よく分からないが、事件に関係したくないと思っているんじゃないかな」

「とにかく、無事だと分かって、安心したわ。明日一日静養して、捜査に戻ってくる時に、まず私に電話して」

5

夕食の時、若い看護師が、新聞を置いていった。三田村は、ベッドの上で、それを広げた。

西大山駅で起きた、殺人未遂事件のその後が、社会面に、載《の》っていた。

西大山駅の写真と、犯人と思われる、坂本明の顔写真つきである。

〈既報のように、指宿枕崎線の西大山駅で捜査中の、警視庁捜査一課の三田村刑事を狙撃《そげき》した容疑者、坂本明、二十七歳は、依然として逃亡中で、今も、犯行に使った拳銃を所持しているものと、思われる。

もし、予備の弾丸を持っていなければ、残りの弾丸は、あと三発か四発と推定される。

この容疑者、坂本明は、すでに報道したように、東京・田園調布の豪邸で、その家の主《あるじ》、千原玲子さん、五十二歳を、射殺した疑いがかかっている。

被害者の千原玲子さんは、ミス日本を経て、二十一歳で芸能界入りし、その後三十一年間、現役の女優として、さまざまな映画やテレビドラマに、出演していた。

坂本明は、被害者、千原玲子さんのマネージャーを務めており、彼女が、いつも、手元に置いていた、百万円の現金がなくなっていることから見て、その金欲しさに、千原玲子さんを殺して、逃亡しているものと考えられる。

坂本明には、九州地方に、友人や親戚がたくさんいるので、それを頼って、東京から逃げてきたのではないかと、警察では、見ている。

この事件を捜査している、警視庁捜査一課も、現在、坂本明を追って、九州に来ている。

三田村刑事は、幸い、命には別状ない模様である。

警察の発表によると、容疑者の坂本明は、依然として、南九州の指宿枕崎線の周辺に潜伏している可能性が高い〉

記事には、犯人の坂本明は、熊本の生まれで、鹿児島の大学を卒業した後、上京しているが、南九州には、かつての同級生が、何人か住んでおり、立ち寄る可能性も、否定できないと書かれ、その中の一人が、次のように、記者の質問に答えていた。

「坂本明は、どちらかといえば、体育会系です。彼の両親は、坂本が鹿児島の大学に在学中に、相次いで、病死していますね。いつもは大人しいんですが、突然、狂暴になることがあるんです。大学を卒業した後、上京したんですが、たしか、二十三歳の時だったかな、当時付き合っていた年上の女性との間に、傷害事件を起こして逮捕され、前科がついているはずですよ。乱暴な面と、優しい面の両面をあわせ持っている男で、たしかに、年上の女性には、モテるタイプの男だと、思いますね」

東京で殺害された女優の千原玲子にとっても、坂本が、今流行のイケメンで、その上、感情の起伏の激しいところが、むしろ、魅力だったのだろう。

6

翌日一日静養した後、三田村は、退院の許可をもらって、病院を出た。

駅に向かって、歩いている途中で、三田村は、携帯で、北条早苗に、電話をかけた。

「今、退院したよ。十津川警部は、どこにいるんだ？」

歩きながら、三田村が、きいた。

「十津川警部なら、今、鹿児島県警にいるわ」

「君たちは、どうしているんだ？」

「何人かは、坂本明が、今も、指宿枕崎線の周辺に隠れていると思われるので、指宿枕崎線に乗って、車内を調べたりしている。残りの刑事は、鹿児島県警のパトカーを借りて、指宿枕崎線の周辺を、調べているわ」

早苗が、捜査状況を説明してくれた。

「じゃあ、これから、県警本部に行って、警部に挨拶《あいさつ》してくる」

三田村は、そういって、電話を切った。

三田村は、喜入駅から、終点の鹿児島中央駅に行く列車に乗った。シートに座ると、自然に、目が車内の観察をしてしまう。そのあと、窓の外を見る。刑事の目である。

終点の鹿児島中央駅に着くと、そこからはタクシーで、県警本部に、向かった。

県警本部内には、捜査本部が設置されていた。三田村が探すと、十津川は、亀井《かめい》刑事と二人で、壁に張られた鹿児島県と熊本県の大きな地図を眺《なが》めながら、何やら、話をしていた。そこに、三田村が入っていくと、

「もういいのか？」

と、十津川が、声をかけてきた。

「ご心配をおかけしましたが、もう大丈夫です。それより、犯人の坂本明の行方は、分かったんですか？」

「いや、ダメだ。残念ながら、何もつかめていない」

十津川が、悔しそうな顔で、いった。

「おい、聞いたぞ」

亀井が、大声を出した。

「聞いたって、何のことですか？」

亀井が、何をいっているのか、すぐに、ピンと来たが、三田村が、しらばっくれると、

「命の恩人のことだよ。何でも、大変な美人で、名前をきこうとしたが、振られてしまったそうじゃないか？」

からかうように、亀井が、いう。

「誰が、そんなことをいってるんですか？」

「決まっているだろう。君を見舞いに行った北条刑事だよ」

「北条刑事が、何をいったのかは、知りませんが、振られたというのは、間違いです。別に、彼女を口説《くど》いたわけじゃありません。多分、今回の事件には、殺人が絡《から》んでいるので、関係を持ちたくないと、思っているんでしょう」

「君は、刑事だということを、彼女に伝えたのか？」

「はい。ですが、彼女は、私の名前も、警視庁の刑事だということも、知っていました。医者に、聞いたといっていました」

三田村が、いった。

同僚の刑事たちにも、三田村は、賑《にぎ》やかに迎えられた。

撃たれて、危うく命を落としかけたが、それを助けてくれたのが、若い女性、それも、美人の女性だったからだろう。

そのあとで、十津川は、再度、三田村に、撃たれた瞬間のことを、質問した。

「撃たれた時、相手の顔を、はっきり見たのか？」

「はい。見ています。間違いなく、撃ったのは、坂本明です」

三田村は、答えた。

「その時、君と坂本との間は、どのくらいあったのかね？」

「はっきり、何メートルとはいえませんが、おそらく、四、五メートルだったんじゃないかと思います。感覚的には、そんな感じでした」

「もう一度きくが、その時、西大山駅のホームに、いたんだな？」

「ええ、そうです。そこから、開聞岳を見ていました」

「それから？」

「背後に、人の気配を感じたので、振り向いたら、そこに、坂本明が、拳銃を持って立っていました。次の瞬間、撃たれてしまいました」

十津川は、メモ用紙の上に、西大山駅のホームを、描いた。

「この方向が、開聞岳だ。君は、どの辺で、見ていたんだ？」

「ホームの、先端のところです。ホームのいちばん端《はし》まで行って、開聞岳を見ていました」

「このホームに入るのには、どこから入るんだ？」

「反対方向の、いちばん端のところに、階段がついています。この駅に来るには、列車に乗ってくるか、あるいは、車で来て、駅の目の前に、小さな駐車場がありますから、そこに車を駐めて、この階段を上がって、ホームに入る。そのどちらかでしょうね」

「この駅には、ほかに、どんな設備が、あるんだ？」

「何しろ、小さな、無人駅ですから、駅舎はありません。ホームの真ん中に、小さな屋根のついた待合室があるだけです。待合室といっても、屋根のついた、ベンチがあるという程度のものですが。そこには、『思い出ノート』というものが、置いてあります。何でも自由に書いてねとあって、Kという管理人の名前と、連絡先の電話番号が、書いてあります」

「君は、そのノートに、何か、書いたのか？」

「何も書きませんでした。何しろ、殺人犯の坂本明を、追いかけてる最中ですから」

「しかし、ホームの端まで行って、開聞岳を見ていたんだろう？」

「そうです。もし、坂本明が、この無人駅に来たとすれば、どんな気持ちだったのだろうか？　やはり、開聞岳を見たいと思って、やって来たんだろうか？　そんなことを、考えていたんです」

「その時、西大山駅には、君のほかに、誰かいたのか？」

「私が、その駅で降りた時には、たしか、三人だったと、思いますが、若者たちのグループがいました。しきりに、ホームの写真を撮っていましたから、鉄道ファンだったかもしれません。彼らがいなくなってからは、私一人でした。そこで、一人で開聞岳を見ていて、後ろを振り向いた瞬間に、突然、撃たれました」

「もう一度念を押すが、君は、ホームの端まで、行っていたんだな？　間違いないね？」

「ありません」

「振り向いたら、四、五メートル先に、坂本明が、拳銃を構えて立っていた。そして、撃たれた」

「その通りです」

「そうすると、坂本明も、君と同じように、ホームの先のほうまで、来ていたということになるな」

と、十津川が、いった。

（いったい何のために、坂本明は、ホームの端まで歩いていって、三田村を撃ったのだろうか？）

十津川が知りたいのは、そのことらしい。

しかし、三田村本人にも、その答えは、見つかっていない。

「分かりません。まさか、私を殺すために、ホームの端まで歩いてきたとは、思えませんが」

と、三田村が、いった。

「君は前に、坂本明に、会ったことがあるのか？」

「いいえ、一度も、ありません。今度の事件があって初めて、坂本明の顔写真を、手に入れて、ああ、こういう顔をした男なのかと、知ったわけです」

と、三田村が、強調した。

「君は、前には、坂本明という男を、全く知らなかったんだな？」

「今度の事件の前に、会ったことも、話したこともありません」

「そうすると、坂本明は、いったい、何をしに、ホームの端まで歩いてきて、君の近くに、いたんだろうか？　もう一度、確認するが、君が振り向いた時、坂本は、すでに、銃を構えていたのか、それとも、君の顔を見てから、拳銃を、取り出したのかね？」

「私が振り向いた時には、すでに、拳銃を構えていました。それで、とっさに避けようがなくて」

と、三田村が、いった。

「そうすると、君の背後に近寄って、拳銃を構えた。それから、君が振り向いて、坂本明が撃った。そういうことになるわけだね？」

十津川は、やたらに、くどく念を押す。

「そうなります」

「おかしいな」

と、十津川は、つぶやいてから、

「カメさん、どう思う？」

と、きいた。

亀井刑事も、

「私も、おかしいと思います」

と、いう。

「坂本明は、東京で人を殺して、警察に追われているんです。逃げるのに、必死だと思うんです。それなのに、西大山駅では、ホームの端まで歩いていって、三田村刑事に近づいています。それに、三田村刑事が振り向いた時には、坂本明は、すでに、拳銃を構えていたといいます。どう考えても、坂本明は、三田村刑事を、殺すつもりだったとしか思えないのです。なぜ、追われているのに、そんなことを、考えたんでしょうか？　三田村刑事の話では、前に会ったことはないといいます。そうなると、逃亡もせずに、わざわざ、坂本明が、三田村刑事に、近づいていった理由が分かりません。危険を承知で、近づいていって、拳銃で、撃ったとすると、それ相応の、理由があったのではないかと、私は思いますが」

と、亀井が、いった。

「その点は、私にも、不思議で、仕方がありません。前に、彼に会ったことは一度もないんですから。坂本明という男から、恨《うら》みをかう覚えもありません」

三田村が、いった。

「そうか」

と、十津川警部が、うなずく。

三田村は、やっと、彼のほうから、質問をした。

「それで、明日からは、どんな捜査に、なるんですか？」

「これまでは、指宿枕崎線の周辺を、徹底的に調べてみたが、坂本明は、見つからなかった。どうやら、すでに、ほかの場所に逃げたものと、思われる。そこで、明日は、熊本、阿蘇《あそ》の周辺を探す。何といっても、坂本明が、生まれたのは、熊本だからね」

十津川が、いった。

7

翌日、十津川たちは、鹿児島から、熊本に移動した。

まず、熊本県警に顔を出して、捜査の協力を要請した。熊本県警では、十人の刑事を、十津川たちに協力させると、約束してくれた。

熊本県警の刑事たちが、阿蘇山の周辺を調べてくれるというので、十津川たちは、パトカー三台を借りて、雄大な阿蘇盆地がよく見えるという、大観峰《だいかんぼう》に向かった。

三台のパトカーは、十津川たちを乗せ、まず、阿蘇盆地に、入っていった。

大観峰は、阿蘇盆地への入口であり、逆に考えれば、阿蘇から出ていく時の出口でもある。

ここには、見晴らし台とレストラン、それに土産《みやげ》物店があり、この近くには、高浜《たかはま》虚子《きよし》の句碑がある。

虚子は、長い間、大観峰に、行きたいと願っていたが、それを、果たせず、戦後、昭和二十七年の十一月十一日になって、この大観峰に来ることができて、

〈秋晴れの大観峰に今来《きた》り〉

と、詠《よ》んだ。その句碑が立っている。

その近くのレストランは、これから阿蘇の盆地に入っていく人も出ていく人も、一休みする場所である。

十津川は、店の従業員たちに、坂本明の顔写真を見せた。

「この男は、東京で殺人を犯した容疑者です。名前は坂本明、二十七歳です。この周辺に立ち寄る可能性があります。もし、この男を見かけたら、すぐ私に電話をください。お願いします」

と、いって、自分の携帯の番号を教えた。

そのあと、十津川たちは、店で、早めの昼食を取った。

その間にも、阿蘇を見に来た観光客が、次々に、観光バスや乗用車でやって来て、写真を撮ったりしている。

しかし、その中に、坂本明の姿は、一向《いっこう》に、見当たらなかった。

南阿蘇鉄道の周辺を調べてくれている県警の刑事たちからの連絡も、聞こえてこない。

十津川は、阿蘇盆地の地図を広げ、それを三分割した。三台のパトカーで、それぞれ、三田村刑事、北条早苗刑事、それに、今回の捜査の応援に来た若い刑事の三人で、盆地の左側の三分の一の区域を調べていくことにした。

しかし、阿蘇盆地は、やたらに広い。その三分の一といっても、かなり広い区域になる。

三人の刑事は、その三分の一の広さのところを、坂本明の顔写真を持って、聞いて回った。

コンビニや旅館を見つけると、そのオーナーや店員たちに、坂本明の顔写真を渡して、もし、この男を見かけたら、すぐに、連絡してほしいといって、こちら側の電話番号を教えた。

陽《ひ》が落ちても、三田村たちは、聞き込みを続けた。

だが、坂本明は、いっこうに、見つからなかった。

翌日も、刑事たちは、阿蘇盆地と外輪山の外にまで、捜査の範囲を広げていった。

この日も、県警の刑事たちが協力してくれたが、坂本明を発見することはできなかった。

十津川は、坂本明は、すでに、九州を離れていると断定した。

ただ、坂本明が、海外に逃亡した可能性が少ないことは、十津川にとって救いだった。

十津川は、念のために、三田村刑事と、北条早苗刑事の二人を、九州に残して、東京に引き揚《あ》げることにした。

8

東京に戻った十津川は、改めて、殺された千原玲子、五十二歳について、調べ直すことにした。

同棲していた坂本明という二十七歳の若いマネージャーに、どうして、突然、殺されたのか？　ただ単に、金目当てに、千原玲子を殺したのか？

それをもう一度、調べ直すことにしたのである。

犯人の動機の解明には、十津川自身と亀井《かめい》刑事が当たることにした。

二人が、まず話を聞くことにしたのは、千原玲子が、二十年間使っていた中年のマネージャーである。

名前は、渡辺浩二《わたなべこうじ》、年齢五十歳。三十歳の時から、千原玲子のマネージャーを務めていたという男である。

渡辺浩二は、年齢よりも老《ふ》けて見えた。二十年間、マネージャーとして仕《つか》えていた女優の千原玲子が、突然、殺されてしまったショックから、一挙に老けてしまったのだろうか？

「坂本明は、どうやら、見つからなかったみたいですね」

十津川と亀井が訪ねていくと、渡辺のほうから、話しかけてきた。

「残念ながら、見つかりませんでした。彼の生まれた熊本、それから、大学時代を過ごした鹿児島を、探しました。特に、鹿児島では、うちの署の刑事が襲われました。ですから、簡単に見つかるものと思って、期待を持って捜査したのですが、ダメでした。どうも、坂本明という男のことを、われわれは、よく分かっていないのかもしれません。それで、渡辺さんにおききしたいのですが、坂本明とは、親しかったんですか？」

十津川が、きいた。

「彼が私に代わって、千原玲子さんの新しいマネージャーになる前から、彼のことは知っていましたよ。時々、千原玲子さんの家にも、遊びに来ていましたから。しかし、彼と、二人で飲みに行ったりするような、親しい関係ではありませんでした」

「マネージャーになる前、坂本明は、何をしていたんですか？」

「簡単にいうと、売れない俳優ですよ。おそらく、俳優としての仕事らしい仕事は、ほとんど、していなかったんじゃありませんか？　ただ、イケメンで、ちょっと女好きするところが、あったので、千原玲子さんは、気に入ったらしくて、やたらに可愛がって、あちこち、連れ歩いていましたよ。それに、ブランド物の、高級な洋服や高い腕時計なんかを、買ってやったりしていたんじゃないかと、思いますね。それに甘えて、坂本明は、時々一人で、千原玲子さんの屋敷に、遊びに来ていたんです」

「その時、あなたは、どう、思っていたんですか？　自分に代わって、坂本明が、千原玲子さんのマネージャーになると、思っていましたか？」

これは、亀井が、きいた。

「いや、そんなことは、全く、考えていませんでした。タレントのマネージャー、それも女優のマネージャーというのは、かなり、難しい仕事なんですよ。いろいろと、経験も必要ですしね。車の運転もできなくてはいけませんし、時には、ボディガードのようなことも、やらなければなりませんからね。坂本明という男は、たしかに、イケメンで、スタイルもいいので、女性からは、好かれるんですが、今いったマネージャーに必要な知識とか経験は、全くといっていいほど、ありませんでしたからね。千原玲子さんが、彼を、大事なマネージャーに、抜擢《ばってき》するとは、とても、思えなかったんです」

「しかし、結局、千原玲子さんは、二十七歳の彼を、マネージャーにしたわけでしょう?」

「そうです」

「二十一年間、マネージャーをやってきた渡辺さん、あなたを、クビにして、坂本明を新しくマネージャーにしたんですから、あなたには、その理由を、ちゃんと、説明したんじゃありませんか? 千原玲子さんは、どう説明したんですか?」

「突然、呼び出して、千原玲子さんが、こういったんです。長い間、ご苦労さま。それだけです」

「それだけ? 本当に、それだけですか?」

「ええ、どうして、二十年も、マネージャーとして一生懸命やってきた自分を、クビにするのか? その理由は、一切、説明してくれませんでしたね。それで、私のほうから、これから、どんなマネージャーに任《まか》せるのですかときいたら、今、それを、考えていると、いいました。後になって、坂本明が、新しいマネージャーになると、聞いたのですが、私は、まさか、自分の代わりが、坂本明だとは、夢にも、思いませんでしたね」

「たしか、渡辺さんは、一昨年一杯で辞《や》めて、去年の一月から、坂本明が、マネージャーを、やっているんですよね？」

「そうです」

「坂本明は、マネージャーとしての仕事を、ちゃんとやっていたんでしょうかね？ その辺のことは、何か聞いていませんか？」

「クビになってからは、あの家に行っていませんし、千原玲子さんにも、それから、坂本明にも、会っていませんから、二人が、うまくいっていたかどうかは、分かりません。ただ、坂本明のような男に、マネージャーが、務まるはずはありません。ですから、千原玲子さんは、マネージャーではなくて、若い愛人を、家に入れたくて、マネージャーにしたんだろう、そういう声は聞こえていました」

「正直に答えていただきたいのですが、いつかは、こんなことになると、思っていましたか？」

　十津川が、きいた。

「そうですね」

　と、渡辺は、少し考えてから、

「正直いって、思っていませんでした」

　その渡辺の答えは、十津川には、意外なものだった。

「あなたが、そうおっしゃる理由は、何ですか？」

十津川が、重ねてきいた。

「千原玲了さんは、かなりの資産家なんですよ。あの田園調布の家だって豪邸で、四億円から五億円の値打ちがあるといわれています。預金だって、少なくとも二億円か三億円は、持っているはずです。それにですよ、どちらかといえば、彼女のほうが、若い坂本明を好きになったと思うんです。したがって、坂本明から見れば、千原玲子さんを殺すというのは、どう考えても、損ですよね。警察の発表では、坂本明は、彼女が、いつも持ち歩いていた、現金百万円しか奪っていなかったといっています。黙って、彼女のいうことを、聞いていれば、これから先、いくらでも、貢《みつ》いでもらえるでしょう。千原玲子さんを殺してしまうというのは、坂本明にしてみれば、間尺《ましやく》に合わないはずなんです」

と、渡辺が、いった。

「せっかくの金づるを殺してしまう理由が分からない。そういうことですね？」

「その通りです。刑事さんだって、そう、思われるでしょう？」

逆に、渡辺が、きいた。

「坂本明が、マネージャーとして役に立たなかったので、千原玲子さんが、怒ってしまい、ケンカになって、坂本明が、千原玲子さんを、殺してしまった。その可能性はありませんか？」

「それは、全く、考えられませんね。あり得ませんよ」

渡辺が、あっさり、否定した。

「どうして、あり得ないと、いい切れるんですか？」

「千原玲子さんは、坂本明に、マネージャーとしての働きなんて、最初から、全く期待していなかったと、思うからですよ。そんな口ぶりでしたからね。ですから、千原玲子さんにしてみれば、たとえ、マネージャーとしては、失格だったとしても、坂本明が、愛人として存在してさえいれば、それで、よかったと思いますよ。マネージャーは別に雇《やと》えばいいんです。だから、仕事のことで、千原玲子さんが怒って、ケンカになったとは思えません」

「なるほど。そうすると、坂本明の女性関係ということは、考えられませんか？」

「普通に考えれば、大いにあり得ます。坂本明のような男なら、若い彼女の一人や二人いても、おかしくはありませんからね。そのことに千原玲子さんが嫉妬《しっと》して、ケンカになった。そんなところじゃありませんかね？」

と、渡辺が、いったが、すぐ、

「しかし――」

と、続ける。

「坂本明の気持ちが、どうしても、分からないんですよ。もし、若い彼女がいたとしても、千原玲子さんの前では、それを隠していればいいんですからね。金が欲しければ、そのくらいのことは、できるんじゃありませんか。私には、不思議で、仕方がないんですよ」

渡辺は、首を、傾《かし》げていた。

第二章　ある男

1

十津川は、渡辺浩二に対する質問を、さらに続けた。

「疑問が一つあるのですが」

と、十津川は、渡辺に、いった。

「今、渡辺さんは、死んだ千原玲子のことを、大変な資産家だといわれた。しかし、私が知っている限りでは、千原玲子という女優は、大変な浪費家だという話しか、聞こえてこないんですよ。また、千原玲子は、たしかに、有名ではありますが、大女優という感じはありません。つまり、それほど多額の出演料はもらっていなかっただろうと、思うんですよ。彼女のＣＭもあまり見ませんし。それなのに、なぜ、資産があるのでしょうか?」

「その点は、私にも分からず、ずっと、不思議に思っていました」

と、渡辺が、いう。

「しかし、あなたは、千原玲子のマネージャーを、二十年も、務めてこられたわけでしょう? そんなあなたでも、分からないことがあるんですか?」

「私は、映画会社とかテレビ局との出演交渉は、任されていましたが、経営面には、全くタッチしていません。したがって、金銭面とか、資産がいくらあるのかというようなことは、はっきりとは、分からないんですよ」

「それでは、お金のことは、誰がやっていたんですか?」

「それが、よく、分からないんですよ。千原玲子自身には、それほど、経営的な才覚があったとは思えませんから、誰かがいたのでしょうが、それが、誰なのか、分からないのです」

「まさか、坂本明というわけではないでしょうね?」

十津川が、きくと、渡辺は、首を大きく横に振って、

「違いますね。彼のことも、少しは、知っていますが、経済的な頭の働きは、全くありませんね」

「どうやら、千原玲子には、あなたの知らなかった一面が、あったようですね」

「そうかもしれません」

「渡辺さんから見て、千原玲子には、どこか秘密めいたところがあったわけですね？」

「そうです」

「何か、思い当たることがありましたか？」

「そういえば、彼女、四十歳を過ぎた頃から、美容のためだといって、一週間に、一日、仕事を全く入れない日を作って、休みを取ることがありましたね」

「それは、決まった曜日でしたか？　それとも、その時によって、違っていましたか？」

「毎週決まっていました」

「何曜日ですか？」

「日曜日です」

「その日曜日には、千原玲子は、何をしていたんですか？」

「実は、日曜日は、マネージャーの私も、休みでした。出勤しなくてもいいと、いわれていたんです。ですから、私自身にとっても、日曜日は休日でした。そんな具合ですから、彼女が、日曜日に、何をしていたかは、分からないのです」

「有名女優だから、日曜日にかかる仕事だって、当然あったわけでしょう?」

「ええ、もちろん、ありましたよ。そんな時は、マネージャーの私は、一日中、頭を下げて回っていましたよ」

「大変だったわけですね?」

「そうですね、テレビ局のプロデューサーなんかからは、ずいぶん嫌《いや》みをいわれたことがありますよ」

「どんな嫌みですか?」

「まだ四十歳を過ぎたばかりだというのに、千原玲子は、どうして、そんなに美容を気にするのかねとか、そんな大女優じゃないだろうみたいな、嫌みですよ」

と、いって、渡辺は、笑った。

十津川は、逆に、考え込んでしまった。

死んだ千原玲子は、一週間に一日、日曜日に、仕事を休んでいたという。その日は、マネージャーの渡辺浩二にも、休みを取らせたというのだ。

それは、いったい、どんな意味を持っているのだろうか?

よく、酒飲みの男が、一週間に一日だけ、肝臓を休める日を作るという話がある。

また、大女優で、肌にも休みを取らせるという人もいる。

しかし、そういう女優はたいてい還暦過ぎで、その点、千原玲子は、亡くなった時でも、まだ、還暦前の五十二歳である。

千原玲子は、四十歳になった時、渡辺に、美容のために、日曜日には仕事を休むことにすると、いったという。

十津川には、その点が、不思議な気がして仕方がない。

「千原玲子は、どういう女優でしたか？」

十津川が、きいた。

「正直にいったほうがいいですか？」

「できれば、そうしてください」

「マネージャーの私から見て、たしかに、有名な女優ですが、演技が、特別うまいわけでもないし、人気が、特別高いこともない。それなのに、なぜか、政治家なんかに、もてましたね」

渡辺は、いった。

十津川は、渡辺浩二に会って、二つの疑問を持った。

一つは、二十七歳の若い坂本明が、千原玲子を殺す動機が分からないといった、渡辺の言葉である。

二つ目は、十津川のほうから指摘した疑問なのだが、千原玲子の、プライベートな面のことである。

女優としての、千原玲子のことはよく分かるのだが、二十年間、マネージャーをやっているのに、彼には、とうとう分からなかった一面があるという。

それは、毎週、日曜日に休みを取っていたことである。その時には、マネージャーの渡辺も、仕事を休めと命令されていたという。それが、どんなことを意味していたのか。この二つを解明したかった。

2

十津川は、その謎《なぞ》の答えを求めて、千原玲子と何らかの関係を持っていた人々に、片っ端から会って、話を聞くことにした。

彼女が映画に出演した時の監督、助監督、テレビドラマの監督と共演者、関係者のほとんどが、千原玲子の日曜日の休みのことを、知っていた。

テレビドラマの監督は、

「彼女には、ずいぶん、迷惑をかけられましたよ。何しろ、日曜日には、撮影現場に、来ないんですからね。だから、日曜日には、千原玲子が出ないシーンばかりを撮《と》っていましたよ」

といって、苦笑してみせた。

千原玲子よりも先輩の女優の中には、もっと辛辣《しんらつ》な言葉を口にする者もいた。

あるベテラン女優は、

「千原玲子さんが、美容のためだといって、毎週日曜日に、仕事を休むことは、前から知っていましたよ。でもねえ。いつも若々しく見えたかしら？　逆に、いつも、疲れたような顔をしていましたよ。あれって、もしかしたら、休み疲れなんじゃないかしら？」

と、いった。

千原玲子が、かなりの、資産家だったという点についても、よくいう者もいれば、悪くいう者も、いた。

そうした証言の中で、十津川が、引っ掛かった言葉があった。千原玲子の後輩を自称する、本間純子《ほんまじゅんこ》という三十二歳の女優の、証言だった。

「今から二年前に、ちょっと変なことがあったんですよ」

と、本間純子が、いった。

「玲子さんが、毎週日曜日に仕事を休むことは、前から、知っていました。きびしい芸能界で、そんなわがままができるなんて、うらやましいなと思っていたんです。二年前の十月頃だったと思います。たまたま、私も、その日は、仕事がお休みで、四谷《よつや》三丁目を一人で歩いていたんです。そうしたら、目の前を、黒い高級車が走っていきました。それに、玲子さんが、乗っていたんですよ」

「それは、間違いなく、日曜日だったんですか？」

十津川が、きいた。

「ええ、間違いありません。日曜日に、お休みが取れることは、めったにないので、よく、覚えているんです」

「その車に乗っていたのは、間違いなく、千原玲子さんでしたか？」

「間違えるはずは、ありません。あの時は、着物姿でした。玲子さん、着物がよく似合うんですよ。着物だと、すごく色っぽくて。あ、玲子さんだと、思っているうちに、目の前を、車が、さっと、通り過ぎてしまいましたけど」

「千原玲子さんは、一人で、その車に乗っていたんですか？」

「いいえ、男の人も一緒でした」

「どんな、男性でした？」

「それが、よく分からなかったんですよ。玲子さんの陰になっていて、顔とか、よく見えなかったから」

「それが、二年前の、十月なんですね？　間違いありませんね？」

「ええ」

「それだけですか？」

亀井が、きくと、本間純子は、急にニコッとして、

「この話、続きがあるんです」

「どんなふうに、続くんですか？」

「翌日、中央テレビの、ドラマの撮影に行ったら、玲子さんと、一緒になったんです。そうしたら、玲子さんは、左手の薬指に、大きなダイヤモンドの指輪をしているんです。ダイヤの中で一番高いという、ピンクのダイヤモンドなんです。あれって、八カラットくらいあったんじゃないかしら？　それで、ついうっかり、あの車の人に、もらったんですかって、きいてしまったんです」

「千原玲子は、どんな反応を示したんですか？」

「シラッとして、こんなことをいったんです。これ、オモチャなのよ。あげましょう

かって。それじゃあ、いただきますなんて、いえないじゃないですか？　何となく、玲子さんと話が続かなくなってしまって。次の日から、玲子さんは、その指輪をしてこなくなったんです。ああ、指輪のことは、話さないほうがいいんだなと思って、その後、触れませんでしたけど」

「そのピンクダイヤモンドですが、千原玲子がいうように、オモチャだとは思いませんでしたか？」

十津川が、きいた。

「いいえ、オモチャだなんて、ぜんぜん」

「どうしてですか？」

「玲子さんという人は、ニセモノの指輪とか、時計とかが、何よりも嫌いな人なんですよ。そんな人が、オモチャの指輪なんかするはずがないじゃないですか」

「私は、ダイヤモンドの値段は、分からないのですが、千原玲子がしていたという、ピンクダイヤモンドの指輪は、どのくらいするもんですかね？」

十津川が、きいた。

「あんなに大きなピンクダイヤモンドなんて、私、今までに、見たことがありませんでした。多分、安くても、一億円ぐらいは、するんじゃないかしら？」

と、純子が、いった。

「その指輪ですが、千原玲子は、自分で買ったとは考えられませんか？」

亀井が、きくと、純子は、首を横に振って、

「そんなことは、ないと思います」

「どうして、そう、はっきりいえるんですか？」

「もし、自分で、買ったものなら、どうして、急に、はめるのをやめてしまうんですか？」

純子は、分かり切ったことのように、いった。

十津川は、その頃の、千原玲子のテレビの出演料をきいてみた。きいた相手は、中央テレビのプロデューサーである。

「ドラマワンクール十三回で、五百万円から六百万円くらいでしたよ」

「それは、高いんですか？　それとも、安いんですか？」

「そうですね、高くもなく、安くもなく、普通じゃないですかね？」

「しかし、千原玲子というと、名前が知られた女優でしょう？」

「そうなんですけどね。女優としては、有名なんですが、それほど、視聴率が取れないんですよ。だから、十三回で、五百万円から六百万円になっているんですが、ま

あ、妥当《だとう》なところじゃないですか。おそらく、ほかの局でも、大体、そのくらいのところだと、思いますよ」

と、相手が、いった。

念のために、十津川は、ほかの、テレビ局のプロデューサーにも、きいてみたが、答えは、ほとんど同じだった。

そうなると、一億円以上はするという、ピンクのダイヤモンドは、彼女にとっては、少しばかり高すぎるような気がしてくる。やはり、自分で、買ったのではなく、男からもらったのだろうか？

五十歳の女優に、一億円もする、ピンクダイヤモンドを贈る男というのは、どんな男なのだろうか？

十津川は、その男の素性《すじょう》を知りたくなった。

3

二十年間、マネージャーを務めた、渡辺浩二は、経済面のことは、全く知らなかったという。

念のために、渡辺にも、ピンクダイヤモンドのことをきいてみたが、

「そんな指輪のことは、知りませんよ」

渡辺の答えは、そっけなかった。

そこで、十津川は、別の角度から、調べてみることにした。

本間純子の証言によれば、その指輪は、八カラットはある、ピンクダイヤモンドの指輪で、間違いなく、本物だと、いう。

値段は、一億円以上するらしい。ピンクダイヤというのは、イエローダイヤより高いという。

一億円以上の値打ちがあるダイヤモンドだとすると、それを扱った、宝石店が、あるはずである。

十津川は、まず、東京都内の有名宝石店を、当たってみることにした。二年前の十月頃、八カラットくらいの大きさのある、ピンクダイヤの指輪を扱わなかったかを、きいてみたのである。

とにかく、一億円以上もするという高価なピンクダイヤの指輪である。扱った宝石店は、すぐに分かるだろうと、思ったのだが、これは失敗だった。東京都内の、どの有名宝石店にきいても、そんな大きなピンクダイヤの指輪は、扱ったことがないとい

う返事しか、返ってこないのである。

もちろん、十津川は、諦《あきら》めない。

次に、銀座《ぎんざ》にある、都内で最も大きい宝石店の社長に会い、捜査に協力してくれるように要請した。

十津川が、その社長に頼んだのは、二年前の十月頃、日本の中の、どこかの宝石店が、問題のピンクダイヤの指輪を、扱ったことがないかを、調べてほしいということだった。

十津川は、その時、調査は内密にと、頼んだ。もし、答えが出ても、そのことは絶対に、公《おおやけ》には、発表しないことも約束した。それがよかったのかもしれない。

三日後に、答えが出た。

二年前の十月上旬、九州・福岡《ふくおか》市内の宝石店で、八カラットのピンクダイヤを使った指輪を、売買したことがあるという答えが、もたらされた。

十津川は、一安心したが、このあとが大変だった。問題の宝石店に、十津川が、電話をかけ、その指輪を買った人の名前を教えてほしいといったが、あっさりと、拒否されてしまったのである。

「いくらで、売ったんですか？」

十津川は、質問を変えた。

「一億二千万円です」

「現金払いですか？」

「申し訳ありませんが、その質問にも、お答えすることは、できませんね。個人情報に関することですから」

と、相手が、いう。

「しかし、一見《いちげん》のお客に、一億二千万もする指輪を、売ったわけではないでしょう？　相手は、前からの、お得意さんだったんじゃありませんか？」

「それも、申し上げられません」

「それでは、令状を取って、そちらに伺います」

と、十津川が、脅《おど》した。

しかし、相手は、ひるまない。

「令状をお持ちになってこられても、あの指輪を買ったお客様のことは、覚えておりません。名前も分かりませんから、何をおききになられても、お答えすることは、できません」

十津川は、捜査本部長の、三上《みかみ》刑事部長に、相談した。

「令状を取ってでも、福岡に行き、問題の指輪の、売買について、買った人間の名前を、きいてこようと、思っています」

十津川が、いったが、三上本部長は、素《そ》っ気《け》なく、

「まず無理だな」

と、いう。

「どうしてでしょうか？」

「今のところ、千原玲子殺しの容疑者は、坂本明なんだろう？　その坂本明が、君のいう一億二千万のピンクダイヤの指輪と関係があるのなら、令状を取って、九州でもどこへでも、行ってくればいい。坂本明以外に犯人がいるという確証は、あるのかね？」

三上が、きく。

「残念ながら、今のところ、坂本明以外に、容疑者はおりません」

「それなら、令状は無理だ」

「無理ですか」

「当たり前だろう。坂本明以外に、容疑者がいるならいい。そして、その容疑者が、ピンクダイヤの指輪と、関係があるらしいということなら、令状も取れるだろうが、

今の段階では、無理だな。それよりも、一刻も早く、坂本明を、捕まえたらどうなんだ？」

と、いわれてしまった。

4

その頃、三田村刑事は、まだ北条早苗刑事と一緒に、九州にいた。

十津川は、容疑者の坂本明は、すでに、九州から逃げ去ったと考えて、東京に戻ったのだが、三田村は、少しばかり、違う見方をしていた。もちろん、坂本明が、今も、九州にいるかどうかは、三田村には、分からない。

しかし、なぜか、九州を離れる気に、なれなかったのである。

三田村が、それをいうと、北条刑事が、笑った。

「私は、勘《かん》なんか信じない。あなたの勘は、たぶん、外れているわ」

と、いわれてしまった。

「今日は、これから開聞岳に、登ってみようと思っている」

三田村が、いった。

「開聞岳に登って、どうするの？　そこに、坂本明がいるとでも、思っているわけ？」

「いや、坂本明が、開聞岳にいるはずはない。ただ、開聞岳の上から、西大山駅の周辺を眺《なが》めてみたいんだ」

とだけ、三田村が、いった。

一人でも登ってみるつもりだったが、まだ完全に回復していないので、北条刑事が、同行することになった。

標高わずか九二四メートル。しかし、独立した山のせいか、頂上近くまで登っていくと、周囲の景色が、素晴らしかった。

眼下は、一面のサツマイモ畑である。

今泊まっている旅館の、仲居さんが、

「この辺は、どこもかしこも、サツマイモ畑ばかりですよ。採《と》れたサツマイモは全部、焼酎《しょうちゅう》に、なるんです」

と、教えてくれたが、まさに、その通りの光景だった。

目を転じると、陽光を受けて、きらきら光る海が見えた。

「海だよ」

と、三田村が、いうと、早苗は、

「ええ、海ね。でも、あそこに、坂本明がいるわけじゃないわ」

「夢がないなあ」

と、思わず、三田村が、つぶやくと、

「海は素晴らしい」

近くで、男の声がした。

三田村が驚いて、声のほうに目をやると、近くに、中年の男が、カメラを構えて立っていた。

「海の写真を撮っているんですか？」

と、三田村が、きいた。

男は、構えていたカメラから、目を離すと、三田村に、向かって、微笑した。

「若い時から、海が好きなんですよ。特に、南の海が好きで」

と、いう。

「どうして、海が好きなんですか？」

「そうですね」

男は、少し考えてから、

「何しろ、海には、無限の可能性がありますからね」

「先日、ここで、事件があったのを知っています？」

北条早苗が、男に、きいた。

「事件というと？」

「この下に見える、西大山駅で、拳銃の発砲事件が、あったんです」

「ああ、あの事件のことなら、よく知っていますよ」

男は、三田村に、目を向けて、

「もしかして、あの事件で、撃たれたのは、あなたですか？」

「そうです。撃たれました。助かったのは僥倖《ぎようこう》といっていいでしょう」

と、三田村が、いった。

「そうですか。あなたですか」

男は、うなずいた後、急に、

「握手してもらえませんかね」

と、いって、右手を差し出した。

「構いませんが」

と、いいながら、三田村は、握手に応じたのだが、少しばかり驚いていた。いきなり、生まれて初めて会った男が、握手を求めてきたからである。

「私はね」

男が、いった。

「運のいい人が、好きなんですよ。だから、ぜひ握手をして、あなたの運を、分けていただきたい」

「そんなに運に、こだわっているんですか？」

「この人生で、人間の力なんて、たかが知れていますよ。その小さな力で、もし、成功することが、できたら、それは運がいいんですよ。だから、私は、実力よりも、運の強い人間が好きなんです」

と、男が、いった。

男のいい方が、面白かったのか、北条早苗は、男に、

「どんな仕事を、なさっているんですか？」

と、きいた。

「つまらない仕事ですよ」

と、いって、男は、笑った。

男は、手を振りながら、開聞岳を、降りていった。

5

男の姿が視界から消えると、北条早苗が、三田村に、

「かなり、苦労している人みたいね」

「人間の成功なんて、力ではなくて、運だといっていたからか？」

「あれ、相当、実感がこもった、いい方をしていたわ」

続けて、早苗が、いった。

「探偵ごっこを、しましょうか？」

「何だい、探偵ごっこって？」

「シャーロック・ホームズの小説なんかにあるじゃない？　名探偵のホームズが、初めて会った男のことを、どこの生まれで、どこからやって来たかを、全部当ててみせる、あの探偵ごっこ。今の、中年の男の人が、どういう人で、どこから来たか、当てっこしましょうよ」

と、早苗が、いった。

「よし、いいだろう」

と、三田村は、身構えて、

「土地の訛《なま》りがなかったから、少なくとも、鹿児島の人間じゃないね。たぶん、都会育ちの人間だろう。がっしりした身体つきだったから、学生時代には、柔道か、空手でもやっていたんじゃないのかな？　仕事は、そうだな」

と、いって、しばらく考えていたが、

「ちょっと、分からないな」

「それだけ？　それだけなの？」

と、北条早苗が、バカにしたように、いった。

「それじゃあ、君には、どんなことが、分かったんだ？」

「この土地の人間じゃないことは、すぐに、分かるわ。彼は東京の人間で、かなりの資産家ね。でも、運転手を雇《やと》って、リアシートにふんぞり返っているような人間ではなくて、自分で、運転するタイプね。観光客じゃないわ。観光客なら、開聞岳に登って、海の写真なんか撮らないもの。だから、ここには、仕事で来たんだと思う。写真を撮っていたのは、たぶん、その下調べ」

と、早苗が、いった。

「この土地の人間でないことは、俺にも分かったけど、東京の人間だとは、限らないだろう? 横浜《よこはま》の人間かもしれないし、大阪《おおさか》の人間かもしれない」

「いいえ、あの男の人は、絶対に東京の人間よ」

「なぜ、そういい切れるんだ?」

「謎解きしてもらいたい?」

「ああ、その理由を教えてもらいたいね」

「開聞岳に登ってくる時、登り口の近くに、車が駐《と》まっていたの。あなたは、気がつかなかったらしいけど、あの車は、品川《しながわ》ナンバーだった。しかも、あれは、ポルシェ911の最新型で、最低でも、三千万円はする車よ。だから、かなりの資産家だと思ったの。それに、東京からわざわざ車で、九州まで、それも、九州の南端まで、やって来た。普通の観光客なら、飛行機で来るか、あるいは、新幹線で来るかするでしょう? だから、普通の観光客じゃない。だとすれば、仕事で来たに決まってる」

「そうか、登り口のところに、品川ナンバーの車が駐まっていたのか。それは、気がつかなかったな」

「今、あなたの頭の中は、自分が撃たれたことで一杯だから、見落としてしまうのよ」

「まあ、事件に関係のない男とスポーツカーなら、どうということもないね」

三田村は、負け惜《お》しみのように、いった。

6

二人の刑事は、ゆっくりと、開聞岳を降りていった。登り口のところで、三田村は、立ち止まり、周囲を見回した。

早苗のいったスポーツカーは、どこにも、見当たらなかった。たぶん、さっきの男が、それに乗って、どこかに、走り去ってしまったのだろう。

旅館に戻ると、三田村は、東京の十津川警部に連絡を取った。

「こちらでは、何も見つかりませんが、東京のほうは、どうですか？　捜査に、何か進展はありましたか？」

三田村が、きいた。

「進展があったといえば、あったといえるんだがね」

と、十津川が、いう。

「殺された、千原玲子のことで、少しばかり、分かったことがある」

「どんなことが、分かったんですか？」

「前から、千原玲子が、資産家だということは、分かっていた。しかし、こちらで調べてみると、有名な女優のわりには、出演料が、安いし、その上、美容のためと称して、四十歳になった時から、毎週日曜日には、仕事を休むようになっていたんだ。それでも、どうして、かなりの資産を持っていたのか、それが、不思議だった」

「渡辺という古くからのマネージャーが、知っているんじゃありませんか？　何しろ、彼は、二十年も、千原玲子のマネージャーを務めていたんですから」

「その渡辺が、こんなことを、いっているんだ。たしかに、自分は、マネージャーとして、二十年も、千原玲子に、関わってきたが、金銭面については、何一つタッチさせてもらえなかったと。だから、なぜ、資産家になったのか、全く分からないといっているんだ」

「では、彼女には、われわれの知らない、大金持ちのスポンサーが、いたんじゃありませんか？」

三田村が、いった。

「私もそう考えて調べてみたら、それらしい人間が、浮かんできた。千原玲子の後輩を自称している三十代の女優がいてね。彼女の証言によると、二年前の十月の日曜日、つまり、千原玲子が、美容のために休むといっていた日曜日に、和服姿で、男と一緒に、高級車に乗っているのを、見たといっているんだ。ところが、千原玲子の陰になっていて、男の顔は、よく分からなかったともいっている。ところが、次の日に、ドラマの撮影で会うと、千原玲子は、八カラットぐらいの、大きなピンクダイヤの指輪をしていたというんだ。一億二千万円の値打ちのある指輪らしい。そのことを、その後輩の女優がいうと、なぜか、千原玲子は、この指輪は、オモチャだととぼけ、次の日から、はめてこなくなったというんだ。ピンクダイヤの指輪は本物で、二年前の十月に、千原玲子に、われわれの知らない男が、プレゼントしたんだと、私は、考えている。この男が、スポンサーに違いないが、名前も分からないし、どんな仕事をしているのかも、分からない」

「――――」

「おい、どうしたんだ？　黙ってしまったじゃないか？」

「申し訳ありません。急に、考えることが生まれてしまいました」

「どんなことなんだ？」

「とにかく、思い出したら、すぐ電話します」

そういって、三田村は、自分のほうから、電話を切った。

7

三田村は、緊張した表情で、北条早苗を呼んだ。

「今、東京にいる十津川警部に、電話をした」

と、三田村が、いった。

「私たち二人、こちらに、ずっといるのに、何の収穫も、ないから、警部に、怒られたんじゃないの?」

早苗が、笑う。

「いや、そんなことはない。東京の捜査状況をきいたら、殺された千原玲子には、資産家と思えるスポンサーが、いたらしいことが分かったと、警部が、いった」

「坂本明以外の男?」

「ああ、そうだ」

「なぜ、被害者の、千原玲子に、金持ちのスポンサーがいることが、分かったのかしら?」

「千原玲子の後輩の、若手女優の証言で、分かったと、警部は、いっていた。何でも、二年前の十月に、その若い女優が、日曜日に千原玲子が、男と一緒に、車に乗っているのを目撃したらしい。翌日、テレビ局で会うと、千原玲子は、八カラットもある、大きなピンクダイヤの指輪をしていた。そのことをほめると、なぜか、千原玲子は、これは、オモチャだといって、次の日から指につけてこなくなったというんだよ。何でも、一億二千万円するらしい」

「ちょっと待って」

早苗の顔色が、変わった。

「やっぱり、君も思い当たったか？」

「まだ、分からないんだけど、開聞岳で出会った男のことでしょう？」

「俺も同じだ。あの男のことを思い出していた。黒っぽい、いかにも、ブランド物らしい背広を、着ていた」

「ノーネクタイ、真っ白なワイシャツ、上から二番目までの、ボタンを外していた」

「ハイネックだよ、あのワイシャツは。中年なのに、いかにも若い男といった感じの、スタイルだった。それが、似合っているんだ。あの男は、自分のスタイルに自信があるんだ」

「それに、背広の襟《えり》に、バッジがついていたわ。たしか、てんとう虫のバッジだったわ。あの時は、赤いガラスのてんとう虫だと思って、中年のくせに、いやに子供っぽいバッジをつけているなと、思ったんだけど」

北条早苗は、明らかに、テンションが上がっている。

「そうなんだ」

と、三田村は、ひとりで、うなずいている。

「俺も、君と同じように、子供っぽい、オモチャみたいなバッジを、つけているなと思った。だが、あれは、ひょっとすると、ピンクダイヤかもしれないぞ」

「もし、そうなら、当たりだわ」

興奮した口調で、北条早苗が、いった。

8

「しかしね」

と、三田村が、いう。

「これは、あくまでも、俺たちの想像にすぎない。あのてんとう虫のバッジが、さっき、電話で、十津川警部がいった、八カラットのピンクダイヤかどうかは、分からないからね」

「警部が、そのピンクダイヤについて、どんな話を、したのか、詳《くわ》しく教えてくれない？」

　早苗が、三田村に、いう。

「今もいったように、千原玲子が、八カラットのピンクダイヤの指輪をして、ドラマの撮影にやって来た。そこで、後輩の女優が、ほめると、なぜか、千原玲子は、これはオモチャだといって、翌日から、してこなくなったというんだ。警部が、話してくれたのは、それだけだ」

「自分で買ったものとは、思えないから、誰かから贈られたものね」

「二年前の十月だそうだよ」

「でも、なぜ、一日だけして、次の日から、してこなくなったのかしら？」

「たぶん、男の存在を、隠しておきたかったんだろうね。後輩の女優に、その指輪について、いろいろといわれたから、はめてこられなくなった。男のことが、バレてしまうからだろう。たぶん、男に返してしまったんじゃないかな？」

「あり得ない話じゃないわ」

「今日、開聞岳で会ったあの男が、二年前の十月に、八カラットのピンクダイヤの指輪を、千原玲子に、贈った。だが、二人の関係は、秘密だったから、指輪から、それがバレてしまうのを恐れて、千原玲子は、指輪を男に返してしまった。まさか、自分が、その指輪を、するわけにはいかない。そこで、男は、てんとう虫のバッジに直して、背広の襟につけているんじゃないのか」

三田村は、いった後で、急に、自信がなくなったのか、

「やっぱり、少しばかり、できすぎた話かな？」

と、いった。

「たしかに、うまくできすぎてはいるわ」

と、北条早苗も、いった。

「でも、ひょっとすると、ひょっとするかもしれないわね」

「どうしたらいいんだ？　これから、あの男を、探すか？」

「それよりもまず、あの男の似顔絵を、作ろうじゃないの。今なら、まだ、よく覚えているから、何とか、似顔絵が作れるわよ」

早苗が、いった。

9

二人は、旅館の仲居にきいて、文房具店に行き、画用紙と4Bの鉛筆を買って旅館に戻り、早速、開聞岳で会った、中年の男の似顔絵の作成に、取りかかった。

二人で記憶をたどりながら、似顔絵を作っていく。

背広の襟のところには、てんとう虫のバッジをつける。今から考えると、やたらに光るてんとう虫だった。

一時間近くかかって、似顔絵ができ上がった。

その似顔絵を、東京の捜査本部にあるパソコンに送信し、その後で、今度は、北条早苗が、十津川に電話をかけ、てんとう虫のバッジについて、説明した。

「少しばかり、できすぎた話だとは、思いましたが、気になったので、三田村刑事と二人で、その似顔絵を作って、送りました」

「分かった。君たち二人が、開聞岳の上で会った時、その男は、何をしていたんだ？」

「カメラで、海を写していました」

「カメラマンか？」

「カメラマンとは、思えませんでした。カメラを持った手の動きが、明らかに、素人《しろうと》でした」

「ほかに、その男のことで、覚えていることは？」

「海が好きだ、海には、無限の可能性があると、いっていました」

「それから、似顔絵にも、描いてくれた、てんとう虫の、バッジだがね。赤いてんとう虫の体は、どれくらいの大きさなんだ？」

「たぶん、二センチ近くはあったと思います。かなり鮮やかなピンク色をしていました」

「ほかにも、気がついたことはないか？」

「開聞岳の登り口に、ポルシェ911の最新型が駐《と》まっていました。品川ナンバーです。その時、開聞岳には、ほかには誰も、登っていませんでしたから、あの男の車に、違いありません」

「その車は、品川ナンバーだったんだな？」

「そうです。ただ、全体のナンバーは、覚えていません。品川ナンバーだったことは、間違いありませんが」

「分かった。こちらでも調べてみよう」

と、十津川が、いった。

電話には、北条早苗に代わって、三田村が出て、

「明日も、もう一日、北条刑事と一緒に、南九州の海岸を、歩いてみようと思っています。男は、熱心に、南九州の海を、カメラで撮影していましたから、海と関係のある人間ではないかと思います」

10

翌日、三田村と早苗は、鹿児島中央駅から、指宿枕崎線に乗った。

指宿枕崎線は、南九州の海岸を走る列車である。その列車で、終点の枕崎まで行ってみようと、思ったのである。

二人の乗った、二両編成のディーゼルカーは、ゆっくりと、南九州の海岸線を走る。

相変わらず、今日も好天で、海が光って見えた。

遠くに、タンカーが一隻《せき》、見える。列車の中から見るタンカーは、まるで動いてい

ないように見えるが、実際には、動いているのだろう。しばらく、目を離していると、かなり動いている。

指宿枕崎線の線路と、平行に走る道路を、何台もの車が、走っていく。

時々、海に、小さな釣り船が浮かんでいるのが見える。

喜入に着く。ここには、巨大な石油タンクが並んでいる。

終点の枕崎。ここは、かつお節で有名である。

二人は、列車から降りて、ゆっくりと、海岸線を歩いた。この辺りには、漁港が並んでいる。

しかし、昨日会った男には、出会えそうもない。

歩き疲れたので、坊津《ぼうのつ》の小さな港にある食堂に入った。少し早いが昼食を取ることにした。

刺身定食を、二人は、注文する。

「この辺に、大きな会社でも、あるといいんだけど」

早苗が、箸《はし》を、動かしながら、いった。

「どうして？」

と、三田村が、きく。

「あの男は、大会社の幹部という感じがする。この辺りの、漁村には、似合わないから」

「たしかに、そうだな。この辺りの景色には、ポルシェは似合わないよ」

海の匂いが、やたらにする。

残念ながら、ポルシェの匂いはしない。

昼食を食べ終わって、二人は、その食堂を出た。

途端に、猛烈な勢いで、一台の、スポーツカーが、二人の前を、通り過ぎていった。たちまち、その姿が見えなくなる。

二人は、呆然《ぼうぜん》として、スポーツカーの走り去った方向に、目をやった。

「品川ナンバーだったわ」

北条早苗が、いった。

「あの男が乗っていたよ」

と、三田村も、いった。

どこを見ても、近くに、タクシーの姿はない。走り去ったポルシェを、追いかける手段がないのだ。

「どうしたらいい？」

と、三田村が、いった。

「走って、追いかけるわけにもいかないし、指宿枕崎線では、とても、追いつけない」

早苗は、道路の反対方向に目をやった。

「あのポルシェは、向こうから、走ってきたわよね？」

「ああ、そうだ」

「それなら、車が来た方向に、行ってみましょうよ。あの男が、どこから来たのか、分かるかもしれないわ」

「しかし、この先には、何もないだろう？」

「でも、海があるわ」

と、早苗が、いった。

二人は、歩き出した。たしかに、海が広がっている。

家が点在している。小さな漁村があって、数隻の小さな漁船の姿がある。

だが、走り去ったポルシェ９１１に似合うような景色は、どこにも、見当たらなかった。

11

〈釣り船　エサあります〉

ヘタな字で書かれた紙が、二人の目に入った。

「釣りをしないか？」

突然、三田村が、いった。

「釣りですって？」

「そうだよ。ただ歩いていても、仕方がないから、釣りでもしようじゃないか？」

「でも、釣りをして、何が、分かるというの？」

「何も分からないかもしれないが、今までは、ずっと、陸から海を眺めていたじゃないか？　だから、今度は、海から、陸を見てみたいんだ」

と、三田村が、いった。

「海から陸を？」

早苗は、つぶやいてから、急にニッコリして、

「ええ、行きましょう。釣り船に、乗りましょう。私も海で釣りをしてみたくなった」

妙に、はしゃいだ声で、いった。

二人を乗せた釣り船が、海に向かって出発した。

船を操るのは、六十歳ぐらいの船頭である。

たちまち、陸地が遠ざかっていく。

船頭が、船を停める。錨《いかり》を下ろす。

二人は、用意してくれた釣竿《つりざお》で、釣りを始めた。

わざと、しばらく間を置いてから、三田村は、船頭に、向かって、

「この辺で、最近、何か面白い話は、ないかな？」

「面白い話って、何です？」

「儲《もう》け話だよ。日本中どこでも、今、景気が悪いじゃないか。僕は、東京の人間だが、東京だって、不景気だ。ひょっとすると、九州のこの辺りには、何かいい儲け話が、あるんじゃないかと、思ってね」

と、三田村が、いった。

船頭は、急に黙ってしまった。

「あ、何か面白い話があるんだ？」

と、三田村が、船頭の顔を見る。

それでも、船頭は黙っている。

「ぜひとも、その儲け話を、教えてくれないかね？　邪魔なんかしないよ。今もいったように、僕は、東京の人間で、九州で、何か、事業をやろうという気はないんだからね」

と、いった。

「あ、お客さん、引いてるよ、引いてる」

船頭は、ふいに、早苗に、声をかけてから、今度は、三田村に、向かって、

「実はね、お客さん、この辺一帯を買い取ってる会社が、あるんだよ」

と、いった。

第三章　巨大造成地

1

三田村は、一瞬、後方を振り返った。歩いていた時には、全くつかなかったのだが、漁港の背後に、広大な造成地が広がっているのだ。

しかし、そこには、建物らしきものは、何も見えない。そのためか、遠くからでも、雑草が生《お》い茂《しげ》っているのが、よく分かる。

三田村は、船頭に視線を戻して、

「さっき話していたのは、あの広大な、造成地のことですか？」

「そうだよ。昔、あの辺《あた》りは、広々とした杉の林だったんだ。ところが、今は、国内産の杉なんて、伐《き》ったって、売れやしない。安い外来材に押されてしまったんだ。この辺の海岸線には、ほかにも、林業だけじゃ食っていけないようなところがたくさんある。この辺の村は、どこもかしこも過疎《かそ》で、その上赤字だった。それが、十年くらい前だったかな、突然、恵みの神様が現われたんだよ」

と、船頭が、太い声で、いう。

「恵みの神様？　いったい何ですか、それは？」

「名前は、忘れちゃったけど、何とかファンドというのが、この辺の土地を、どんどん買っていったんだ。そのファンドの人たちは、全部整地して、大工業団地を、作るんだといっていた」

「しかしね、船頭さん。二十年くらい前に、バブルが弾《はじ》けて、どこの工業団地だって、肝心《かんじん》の工場が進出してこないんですよ。それに、日本国内じゃ人件費が高いから、中小企業まで、タイとかベトナムといった東南アジアに進出してしまっている、そんなご時世なんですよ。それなのに、その何とかファンドは、大工業団地にするといって、林野を買いまくったんですか？」

「ああ、そうだよ。だから、あの辺の人たちは、みんな大喜びで、何とかファンドに、自分の持っている土地を、片っ端から、売り飛ばしたんだ」

「そうなんですか。よく見ると、たしかに、見渡す限り、造成地が広がっているけど、工場なんか、一つも、建っていないじゃないですか?」

「そんなことは、わしは、知らん。何とかファンドが、やたらに高く買ってくれるんで、みんな、土地を、ファンドに売ったんだ。それだけの話だよ」

と、船頭が、いった。

「何とかファンドの、正確な名称は、分かりませんか?」

「分からないねえ。聞いたかもしれないが、忘れちゃったよ。名前なんか、どうでもいいじゃないか。とにかく、この辺の連中は、何とかファンドに、土地を売って、大金を手にして、どこかに行っちまったんだ。そもそも、この辺は、何もないところなんだ。それなのに、何とかファンドは、相場よりもかなり高く買ってくれるというので、みんな、喜んで、売ったんだよ。だから、あそこには、誰も住んでいない」

と、船頭が、いった。

「何とかファンドが、この辺の土地を買い始めたのは、今から十年ほど前だと、いいましたね?」

「そうだよ」

船頭が、うなずく。

十年前といえば、とうの昔に、バブルが弾けていた頃である。

安い労働力を求めて、中小企業までが、タイやインドネシア、ベトナムといった東南アジアに、次々と工場を建てていった頃でもある。その傾向は、今も続いている。

三田村と北条早苗刑事は、釣りのことはすっかり忘れて、船頭の話にひかれて、海を見ずに、広々とした、空き地が広がる陸地に、目を向けていた。

「開聞岳で出会った男だけど」

と、早苗が、いった。

「もしかしたら、あの男は、今、船頭さんがいった、何とかファンドの人間なんじゃないのかしら？」

「実は、僕も、同じことを考えていたんだ。あの男は、間違いなく、開聞岳の頂上から、海に目を向けて、何枚も写真を撮っていた。もし、彼が、何とかファンドの人間なら、自分たちの買った土地を、写真に撮っていたのかもしれないし、さらに、安く買える土地を探していたのかもしれない。バブルが弾けているので、地方が作った工業団地には、肝心の工場は進出してこない。とすれば、猛烈に安い価格で、その土地が買えると思うね」

「でもね、何とかファンドが、いったい、何を考えているのか、私には、それが、分からない。バブルが弾けて、今、どこの県でも、工業団地を、作ったのはいいんだけど、工場は、一つも進出してこない。そんな状況だわ。ほとんどが、空き地のままで、雑草が生《は》えちゃっているわ。ここも同じだと思うの。工場がなければ、ただの荒れ地で、その上、土地を造成するために、借りたお金の利息ばかりが、かかってくるはずよ。そんな土地を、いったい、どうするつもりなのかしら？　何とかファンドは、何を考えているのかしら？」

北条早苗が、首を傾《かし》げている。

三田村は、いう。

「今、船頭さんも、いっていたように、土地の所有者は、どんどん自分の土地を売って、引っ越して、一人もいない。だから、あの土地に何を作ろうと、反対する住民は、いないんだ。ひょっとして、それこそが、何とかファンドの本当の狙《ねら》いかもしれないな。船頭さん」

と、三田村が、声をかけた。

「もう、釣りはいいから、港に戻ってくれませんか？　ちょっと、調べたいことが出てきたので」

2

東京の捜査本部で、十津川と亀井が、今後の捜査方針について話し合っていた。

「今のままでは、捜査はたぶん壁にぶつかる。そんな気がするんだよ」

十津川が、いうと、亀井も、

「私も、そんな気がします」

「事件を考えてみようじゃないか。資産家のわがまま女優と、最近、彼女のマネージャーになったイケメン青年の二人が、ケンカをした。理由は、たぶん、若いマネージャーが、浮気でもしたのを、千原玲子が、本気で怒った。ところが、そんな痴話《ちわ》ゲンカから、若い坂本明が、千原玲子を殺して、逃亡した。百万円を奪ってだよ。いかにも、ありそうな話だが、これでは、どうにも、捜査が、進展しない。九州では、三田村刑事が、坂本明に拳銃で撃たれたが、奇跡的に助かった。千原玲子と坂本明の関係では、坂本が、三田村刑事を狙撃する理由が、分からない」

「もしかすると、何か、別の見方があるのかもしれませんね」

と、亀井が、いった。

捜査本部の黒板には、千原玲子、坂本明の名前が、書かれている。

スポーツ新聞の中には、

〈痴話ゲンカの果ての凶行か？〉


と書いたものもあった。

週刊誌も、同じである。今回の事件は、今どきの、イケメンの青年と、金のあるベテラン女優の、型にはまった痴話ゲンカの果ての凶行と、たいていの者が、見ているということである。

捜査本部でも、最初は、その線での捜査を、開始した。が、その捜査が、今、壁にぶつかっている。

第一に、若い坂本明が、千原玲子を殺す理由が、見つからないのである。坂本明に、若い恋人ができた。それにやきもちを焼いた千原玲子。二人の間に痴話ゲンカが始まり、カッとなった二十七歳の坂本明が、千原玲子を殺して、どこかに、姿をくらました。

今のところ、それが、いちばん納得できる動機ということである。

しかし、以前、彼女のマネージャーをやっていた、渡辺浩二から話を聞くと、坂本明が、千原玲子を殺す理由が、分からないというのである。突然、千原玲子が、長いこと自分のマネージャーをやっていた、渡辺浩二をクビにして、若い坂本明を、新たなマネージャーにした理由が、渡辺浩二にも分からないというのである。

普通に考えれば、五十二歳の千原玲子が、自分より二十歳以上も若い男を、好きになって、長年マネージャーをやっていた五十歳の渡辺浩二をクビにして、二十七歳の坂本明を、新しいマネージャーにした。これで説明がついてしまう。

しかし、渡辺浩二にいわせると、坂本明には、マネージャーをやった経験もなければ、その資質も、全くないという。そのことは、ベテラン女優の千原玲子も、よく分かっていたはずだともいう。

したがって、千原玲子は、渡辺浩二を、以前と同じように、マネージャーとして使い、若い坂本明が好きならば、誰に遠慮することなく、堂々と遊べばいいのではないか？　誰も邪魔などしない。と、渡辺浩二は、いった。

十津川も、同感である。千原玲子は、マネージャーとして素質のない坂本明を、なぜ、新しいマネージャーに、したのだろうか？　仕事に支障が出るとは、考えなかったのだろうか？

十津川には、その点が、どうにも、理解できなかった。

「私は、別に、やきもちを焼いて、こんなことをいうのではありませんが、坂本明には、マネージャーとしての資質は、全くありませんよ。第一、坂本明自身も、そんなことは、考えてもいないし、真面目に、千原玲子のマネージャーをやるつもりも、全くなかったでしょう。だから、千原玲子が、そんな坂本明を、どうして、マネージャーにしたのか、分からないのですよ」

渡辺浩二は、十津川に、そういっていた。

「私も、千原玲子と坂本明との関係が、実は違うのではないかと、考えています」

と、亀井が、いった。

「違うって、何が？」

「五十二歳の中年女優が、若いイケメン青年の坂本明を、新しいマネージャーにした。五十歳の渡辺浩二よりも、二十七歳の坂本明のほうが、千原玲子には、魅力的に見えたのだろうと、思ったんですが、たぶん、違いますね。千原玲子という女優は、かなり、頭のいい女優だそうです。ただ単に、若いイケメンの男が、いいからといって、長年マネージャーをやってきた、ベテランのマネージャーをクビにして、若いマネージャーを雇うとは、思えません。若い男と遊びたいのなら、千原玲子は、軽井沢《かるいざわ》に、別荘を持っているんですから、坂本明を、軽井沢に呼べばいいんですよ。もちろん、東京でもいいんです。いくら派手に遊んだって、誰も文句はいいません。二人とも独身なんだから」

と、亀井刑事が、いった。

「そうだとすると、千原玲子と坂本明の関係というのは、本当は、どんなものなんだ？」

十津川が、いった。

「坂本明は、若いマネージャーとして、千原玲子に、雇われたんだ。実際、千原玲子のマネージャーに、なっている。どうして、資質のない男を、千原玲子は、マネージャーとして、雇ったのだろうか？」

「それは、警部も、いわれたじゃありませんか？　千原玲子と坂本明とは、本当は、ベテラン女優とマネージャーという関係ではなかった。そういうことでしょう？」

「だから、二人の関係は、何だったんだ？」

十津川の質問は、ふりだしに戻ってしまう。

「ひょっとすると、ボディガードかもしれません」

と、亀井は、いった。

「ボディガード？」

「渡辺浩二は、マネージャーとしては経験も豊富で、優秀だったようですが、運動神経はなさそうだし、ケンカも、強そうには見えません。ボディガードの役は、務まらないでしょう。理由はわかりませんが、千原玲子は、若い男を、そばに、置きたくなった。ボディガードとしてです。それで、渡辺浩二をクビにして、坂本明を、マネージャーにしたんですよ。渡辺浩二では、ボディガードにはなりませんからね」

亀井が、いう。

「ということはだね、そのボディガードが、千原玲子を、殺したことになるのかね？」

「坂本明は、犯人じゃないのかもしれません」

「それじゃ、どうして、坂本明は、姿を消したんだ？」

「自分は、ボディガードとして雇われたのに、雇い主の千原玲子が、殺されてしまった。その上、ヘタをすると、マネージャーの自分が、疑われる。そこで、慌《あわ》てて、姿を消したのではないかと、考えているのですが」

と、亀井が、いった。

十津川は、しばらく考えていたが、

「よし、これからその線で捜査を進めてみよう。何か理由があって、千原玲子は、そばに、ボディガードを置く必要があった。そこで、五十歳の渡辺浩二をクビにして、二十七歳の若い坂本明を、マネージャーとして雇った。しかし、実質的には、マネージャーではなく、ボディガードだった。その線で捜査をする」

と、いった。

何らかの理由で、女優の千原玲子は、身辺に不安を感じた。そこで、ボディガードとして、坂本明を雇った。

千原玲子は、その時、はたして、どんな不安を、感じていたのか？　そして、なぜ、ボディガードが必要だと、感じたのか？

それを、調べるように、十津川は、部下の刑事たちに、指示した。

3

南九州では、三田村と北条早苗が、急遽《きゅうきょ》、釣りを止《や》めて、港に引き返していた。

二人は、指宿警察署に、寄って、自分たちが疑問に感じたことを、署長に、ぶつけてみた。

「十年ほど前から、あるファンドが、枕崎周辺の土地を、買い占《し》めているそうですね？　そのことは、ご存じですか？」

「知っています」

「そのファンドの正式な名前を、教えていただきたいのですが」

と、三田村が、いった。

署長は、名前は忘れてしまったと、いったが、すぐ調べてくれた。

その結果、分かったのは、東京に本社のある、F&Kファンドという会社ということだった。

十年前から始まったF&Kファンドによる土地買収の件は、副署長の新藤《しんどう》のほうが、詳《くわ》しいといって、署長は、紹介してくれた。

「鹿児島で、十年前から始まった、土地買収の件ですが、バブルが崩壊した後なのに、あの辺りの土地を、相場よりもかなり高く買ってくれるというので、ほとんどの住人が、さっさと、土地を売って、引っ越してしまったのですが、何人かだけ、どうしても土地を売らないという人たちが、いましてね。その人たちと、F&Kファンドが、揉《も》めたんですよ。それで、私が、仲裁《ちゅうさい》に入ったことがあります。血を見るようなことになったら、困りますからね」

と、新藤が、いった。

「私には、どうにも、F&Kファンドの狙いというか、考えていることが、分からないのです。何しろ、バブルが弾けた後ですからね。工業団地を作ったって、わざわざ、そこに進出してくる会社は、一社もなかったんじゃありませんか?」

三田村が、きいた。

新藤副署長は、うなずいて、

「そうなんですよ。あの辺りは、全部で、三千ヘクタールくらいあるんですが、土地を買い取った後、F&Kファンドは、森を切り開き、荒れ地を整備して、だだっ広い工業団地を、完成させました。しかし、三田村さんがいわれたように、東京や大阪、名古屋《なごや》などの大都市から、進出してくる企業は、一つもありませんでした。ですから、F&Kファンドにとっては、大変な、損失だったんじゃありませんかね」

「今、その三千ヘクタールの土地は、どうなっているんですか?」

「どうしようもないので、おそらく、そのままになっていて、今も、F&Kファンドの持ち物になっているはずです。しかし、一向に、売れませんね。今後も、あの土地が売れて、どうにかなるということは、まず、ないでしょう」

「先ほど話のあった、何軒か、揉めたということですが、その後は、どうなったのですか？」

と、北条早苗が、きいた。

「なに、すぐ収まりましたよ。何しろ、この不景気ですからね。あんなに高く、利用価値のない土地を買ってくれるところなんて、F&Kファンド以外には、どこにも、ないんです。反対していた人たちも、まもなく、買収に応じて土地を手離し、引っ越しました」

「なるほど。それで、新藤さんは、その時、F&Kファンドの関係者に、お会いになったんですか？」

「ええ、会いました。相手は、広報部長だったと思います。頭が切れて、よくしゃべる男だったのを覚えています」

その広報部長は、井上《いのうえ》という名前で、新藤が会った時には、三十歳くらいに、見えたという。

「若い部長さんでしたよ。今もいったように、頭が切れて、話も、上手《うま》かった」

「新藤さんは、F&Kファンドが、土地を買い占めている理由を、おききになりましたか？」

三田村が、きいた。

「ええ、ききました。バブルが弾けて、工業団地といっても、どこの会社もやって来なくて、ただ、雑草が、生い茂っているだけでしたからね。それなのに、どうして、この辺の土地を、買い占めているのか、その理由が知りたくて、きいたんです。たしかに、安くは買えますがね」

「井上という広報部長は、何と答えたんですか？」

「たしかに、工業団地を作っても、今すぐ、工場が、進出してくることは考えられない。しかし、そのうちに、この広い敷地が、役に立つようになる。井上さんは、そういっていましたね。自信満々に見えましたよ」

「鹿児島県も、あの広大な工業団地に関係があるんじゃありませんか？」

「もちろん、県も関係しています。あの時、F&Kファンドと地主との間をとりまとめたのは、今はもう辞《や》めましたが、当時の副知事の、安西《あんざい》さんですから」

「その安西さんは、今、どうしているんですか？」

三田村が、きいた。

その安西という、元副知事に会って、話を聞く必要が生まれるかもしれない。そう思ったのだ。

「たしか、今は、土地を買い占めたF&Kファンドの、相談役をやっているんじゃないかと思います」

と、新藤が、いった。

「新藤さんは、安西元副知事にも、お会いになりましたか?」

「ええ、一度だけ会いました。安西さんにも、きいたんですよ。F&Kファンドは、いったい、どういう目的で、売れそうにない、あの広大な土地を、買っているんですかと、ききました」

「それで、安西副知事は、何と答えました?」

「簡単には売れないような、土地を買って、造成している。あのファンドのやり方は、私にも、よく分からん。と、あの時は、安西さんも、いっていましたね。しかし、今は、F&Kファンドの、相談役ですからね。あの時の分からないという言葉は、何だったんですかね。もう一度きいてみたいと思っています。土地の所有者は、とにかく、今、売らないと、売れなくなってしまうのではないか? そう考えて、誰も彼もが、どんどん、F&Kファンドに、売ってしまったんですよ。それに、安西さんも、一役買っていたのはたしかです」

と、新藤が、いう。

「新藤さんが会った、F&Kファンドの広報部長は、井上さんでしたね？」

「ええ、そうです、井上さんです」

「井上さんは、広大な造成地は、今は売れないが、そのうちに、売れるようになると、答えていたんですね？」

「そうです。ただ、その理由は、教えてくれませんでしたがね」

「その時の井上広報部長は、自信にあふれていたんですね？」

「私の目には、自信満々に見えました。私は、絶対に売れそうもない、工業団地を作っていると、思っていましたから、井上広報部長の余裕のある態度は、わけが、分かりませんでした。わけもなく、希望を、持っていたんじゃないですかね？」

「希望がないというのは、実現しそうにない夢を、F&Kファンドの連中は、持っていると、思ったんですか？」

「ええ、その通りです。今だって、全然売れなくて、雑草が、生い茂っているだけで、工場なんて、一つもありませんよ」

「そうですね。それでも、今でも、F&Kファンドは、自信を持っているんでしょうか？　そのうちに売れると」

「さあ、どうでしょうか。最近は、F&Kファンドの関係者に、会っていないので、

「分かりません」

と、新藤が、いった。

（それならば、こちらで、F&Kファンドの人間に、会ってみよう）

と、三田村は、思った。

4

F&Kファンドは、東京に、本社がある。この指宿にも出張所があり、その出張所で、造成された土地を管理していると、新藤副署長が、いった。

その出張所の場所を、教えてもらい、三田村と北条早苗の二人は、指宿出張所に行ってみることにした。

その出張所は、指宿駅のそばにあった。五階建ての、雑居ビルの三階である。

ビルの横に、駐車場があった。

「あのスポーツカー」

一台の車を、指差して、早苗が、小声で、三田村に、いった。

例の、ポルシェ911の新車が、駐まっていたからである。

三階に上がり、受付で、警察手帳を見せて、責任者に会いたい旨《むね》を告げた。

受付の若い女性に、案内されて、所長室に通された。そこには、やはり、あの男がいた。しかし今日は、背広の襟に、てんとう虫のバッジはつけていなかった。

男は、二人に、名刺を出した。名刺には、

〈九州支店長　原口修一郎《はらぐちしゅういちろう》〉

と、あった。住所は、鹿児島市内になっていた。たまたま、指宿出張所に、出向《でむ》いていたのだろうか。

原口のほうも、二人の顔を覚えていたらしく、

「奇遇《きぐう》ですね」

と、笑顔を作った。

二人は、勧《すす》められるままに、ソファに、腰を下ろした。

若い女性社員が、コーヒーを、運んでくる。

「原口さんは、F&Kファンドの方だったんですね?」

三田村は、改めて、そんないい方をした。

「そうです。別に、隠しているつもりはありませんでしたが」

と、原口が、うなずく。

しかし、開聞岳で会った時、原口は、F&Kファンドという名前は、いわなかった。

「今日、船で、釣りに出ましてね。海のほうから、F&Kファンドが買い占めた、広大な土地を、拝見しました。十年ぐらい前から、買い占めておられると、お聞きしたのですが、見たところ、進出した工場は、一つもありませんね。あの広大な土地を、これから、いったい、どうされるおつもりですか？」

三田村が、きいた。

「どうされるつもりかときかれても、私どもF&Kファンドが、あの土地で、何かをやるわけではありませんから、何ともお答えのしようがありませんね。あの土地を必要とする会社に、われわれは、提供するだけですからね」

と、原口が、いった。

「しかし、今は不景気ですし、中小企業まで、東南アジアに出ていくという時代でしょう？　どこの、何という会社が、あの広大な土地を必要とすると、考えておられるんですか？」

「それは、われわれには分かりません。あの土地を必要とする会社が、必ず出てくると考えていますが」

原口は、繰り返した。

「指宿枕崎線に、喜入という駅があって、石油基地ができています。問題の造成地にも、ああいうものを作るんですか？　今のところ、ほかには考えようがないんですが、それが正解ですか？」

早苗が、きいた。

「喜入の石油備蓄基地を見てこられたんですか？　災害の発生を考えると、東京とか大阪という大都市のそばに、石油の備蓄基地を作ることは、極《きわ》めて危険なんですよ。東京湾、あるいは、大阪湾に、三十万トンの巨大タンカーが、石油を運んできた時、そのタンカーが爆発でもしたら、東京、あるいは、大阪が、壊滅的な被害を、被《こうむ》ってしまいます。私は前々から、石油基地をはじめとする工業団地などというものは、大都市から離れた場所に作るべきだと、主張しているんです。しかし、政治家も、財界人も、効率第一で、大都市の近くに、工業団地を作ったり、石油の備蓄基地を作りたがるんですよ。困ったものです」

と、原口が、いった。

「そうすると、あの広大な土地には、喜入と同じ石油基地を作るんですか？」

三田村が、きいた。

「そうですね。いい考えです」

「それで、どうなんですか？　あの土地に、巨大な石油基地が、作られるんですか？」

三田村が、再び、きいた。

「さあ、どうでしょうか？」

急に、原口は、話をはぐらかすような受け答えをした。

早苗は、ムッとしながら、

「でも、成算があったからこそ、F＆Kファンドは、海岸沿いの土地を買い続けているんでしょう？」

「さあ、どうでしょう？　今も申し上げたように、それは、あくまでも、ウチがやることではなくて、あの土地を必要としている会社が、考えることですから」

と、また、原口は、とぼけたような、いい方をした。

「もう一つ、おききしたいことがあります」

「何でしょうか？」

「F＆Kファンドでは、土地を購入する際、相手方から、今後、その土地の使用に対して、文句はいわないという誓約書を出させていると聞いたんですが、本当ですか？」

三田村が、きくと、原口は、笑って、

「それは、まあ、儀式みたいなものですよ。黙っていても、土地の使用は、新しい所有者の自由ですから」

5

刑事たちは、千原玲子が芸能界に入る前から、いろいろと、彼女の相談に乗っているという弁護士を、見つけた。

今年六十歳になる、篠崎《しのざき》という弁護士である。銀座に、篠崎法律事務所という事務所を構えている。

十津川と亀井は、篠崎弁護士に会って、千原玲子のことをきくと、篠崎は、

「残念で仕方がありません。これから、千原玲子は、だんだん、芸に磨《みが》きがかかって、素晴らしい演技を見せてくれるだろうと、期待していたんですから」

「篠崎さんは、千原玲子が、芸能界に入る前から、彼女に、いろいろと、相談をされていたようですね？」

「困った時の、何とかですよ。彼女が、何かに迷った時、どうするのが、いちばんいいか、それを彼女に伝えるだけで、別に、彼女を、指導したわけではありません」

「私たちは今、千原玲子殺しを捜査しています。最初のうち、二十七歳の若いマネージャーの、坂本明が犯人だと思っていたのですが、どうも違っているようです。その点、篠崎さんは、どう思われますか？　千原玲子を殺したのは、坂本明だと思われますか？」

十津川が、きいた。

「そうですね。週刊誌は、中年の千原玲子と、若い坂本明が、男と女の関係になったが、若い坂本明の浮気が原因で、大ゲンカになった。そのあげく、坂本明が、千原玲子を殺して、姿を消した。そんなふうに、書いていますが、どうも賛成できません」

「賛成できない理由を、教えていただけませんか？」

「私も、千原玲子との付き合いが長いので、彼女のことは、よく、知っていますが、決して、愚《おろ》かな女性ではありません。頭のいい、冷静な女性なんですよ。自分を抑《おさ》えることもよく知っています。そんな女性が、自分よりも、二十歳以上も若いマネージャーを相手に、痴話ゲンカをするなんてことは、絶対に、ありません。私は、坂本明にも、何回か会っています。それも、千原玲子から、相談されたからなんですよ。坂本明を信頼できるかしらと、きかれたので、彼に、何回か会って、人間を、見てみたんです」

「その時の感想は？」

「たしかに、マネージャーとしての、資質は、全くありませんね。ただ、今の若者にしては、意外にしっかりした考えの持ち主で、千原玲子の損になるようなことは、絶対にしないだろうと思いましたよ。それに、いい悪いは別にして、計算高いところがある。そんな坂本明が、カッとして、千原玲子を殺すはずはない。何のプラスにもなりませんからね」

と、篠崎弁護士が、いった。

「今、篠崎さんは、坂本明には、マネージャーとしての資質は、全くないと、いわれましたね？　同じことをいう人が、何人も、いるんです。それなのに、千原玲子は、長年、自分についていた、渡辺というベテランのマネージャーをクビにしてまで、どうして、彼を、新しいマネージャーに、したんでしょうか？」

「私も、その辺が、不思議なので、それと同じことを、千原玲子に、きいたことがあるんです。以前の渡辺というマネージャーのほうが、信頼できていいんじゃないかと、いったんですよ」

「そうしたら、彼女は、何と答えました？」

「たしかに、坂本明は、マネージャーとしては落第だと思う。でも、その仕事は、私が、自分でやるから、大丈夫だというのです。それなら、坂本明には、何をやらせるつもりなのかを、ききました。そうしたら、車の運転がうまいし、何かの時に、役に立つわ。大学時代に、武道をやっていたそうだから、いざとなったら、私を、守ってくれるだろう。千原玲子は、そんなふうに、いっていましたね」

「ボディガードということですか？」

亀井が、きくと、篠崎は、笑って、

「たしかに、千原玲子は、坂本明のことを、ボディガードのように、思っていたのかもしれません。坂本は、千原玲子が、自分のことをマネージャーではなく、ボディガード代わりに考えていると聞いても、逆に、嬉《うれ》しそうにしていましたね。いざとなったら、彼女を、助けようと思っていたのかもしれませんね」

と、いった。

「千原玲子は、どこから、坂本明を見つけてきたのでしょうか？」

「二人の関係については、週刊誌なんかがウワサしていますが、ほとんどウソですね。全部、勝手な解釈ですよ。ただ、千原玲子が、どこで、坂本明を、見つけたのかは、私にも、分かりませんし、彼女自身、それについては、何もいいませんでしたから」

「篠崎さんにも、いわなかったんですか?」

「そうですが、おおよその見当は、ついています。坂本明は、売れない俳優でした。が、真面目《まじめ》でした。それに、千原玲子が、目をかけているというウワサもあったので、監督の中には、千原玲子が出ているドラマには、坂本明を、端役《はやく》で使う人もいて、それからの関係ではないかと、思いますね」

「そういう関係だとなると、ありふれていて、あまり、面白くはありませんね。名の売れた女優が、売れない若い俳優を引き上げて、マネージャーにした。芸能界には、いくらでもある話じゃありませんか?」

「よくある話でも、いいでしょう?」

「たしかに、そうですが、そうした関係なら、千原玲子が殺された理由が、分からない。坂本明が、逃げた理由もです。ひょっとすると、もっと、特別な関係が、あったのではないか? そうだとすると、事件が起きたとしても、不思議はないと思うのですよ」

と、十津川が、いった。

6

何となく、はぐらかされた感じで、十津川は、篠崎弁護士と、別れたが、捜査本部に帰ると、亀井に向かって、

「篠崎という弁護士は、ウソをついているね」

「私は、気づきませんでしたが、どんなところがですか?」

と、亀井が、きく。

「こちらが、坂本明についてきくと、あの弁護士は、こういった。千原玲子は、前々から、坂本明のことを、知っていた。坂本明は売れない俳優だが、真面目なので、千原玲子が出るドラマなんかに、監督が気をつかって、坂本明を出させた。そうした関係でもあり、気に入っていたので、新しくマネージャーにしたんだろうと、篠崎弁護士は、いった」

「たしかに、そういっていました」

「ところが、その一方で、あの弁護士は、こうも、いったんだ。千原玲子に頼まれて、坂本明に会ったと」

「そうでした」

「坂本明という男は、前から、千原玲子とは、知り合いじゃなかったんだよ。そう考えざるを得ないんだ。どういうことからかは分からないが、千原玲子の前に、突然、姿を現わしたんだ。それなのに、みんな、千原玲子が、前から、知っていたようなことを、いっていた。前のマネージャーだった渡辺浩二もだよ。しかし、本当は、違うんだと思うね。突然、千原玲子の前に現われて、新しいマネージャーになってしまった。だから、渡辺浩二は、腹を立てたんだ」

「しかし、千原玲子だって、普通なら、突然現われた、全然知らない男を、いきなり、マネージャーには、しないでしょう？　ボディガードにだって、しないはずですよ。それなのに、マネージャーになっていたというのは、どういうことでしょうか？」

「二人の関係は、いってみれば、特殊なものなんだ。それを、知っている人間は、みんなウソをついて、千原玲子と坂本明は、前から、知り合いだったと、いっているんだ」

「しかし、どうして、ウソをつくんですか？　ウソをつくような必要が、あるんでしょうか？」

「それが、あるんだよ。だから、ウソをつくんだ」

「よく分かりませんが」

「今日会った人たちは、坂本明が、千原玲子のボディガードをやっていたんじゃないかと、いっていた。私は、その逆ではないかと、思っているんだ」

と、十津川が、いう。

「逆というと、つまり、坂本明のボディガードを、千原玲子が、やっていたということですか？」

亀井が、いうと、十津川が、笑った。

「そうじゃなくて、ボディガードと反対の仕事をやっていたんじゃないか、ということだよ」

「つまり、監視役ですか？」

「そうだよ。坂本明は、一応、マネージャーとして、千原玲子の、そばにいた。しかし、本当は、千原玲子を監視していたんじゃないか？　そんなふうに、考えるようになった」

「監視役ですか。しかし、千原玲子の、何を監視するんですか？　そんなことを、いったい誰が、坂本明に、命令していたんでしょうか？」

「まだ、そこまでは、分からない。しかしだね、千原玲子が、意外に資産家だということが分かったじゃないか？　それも、不思議だと、誰もが、いっている。千原玲子は、かなり人気のある女優だが、だからといって、大女優ではない。また、彼女の実家が、資産家というわけでもない。それなのに、彼女は、資産家だ。ひょっとすると、いいスポンサーがいたんじゃないかと、私は、考えている」

「そのスポンサーが、千原玲子の監視役として、坂本明を、彼女に、押しつけたということですか？　彼女は、大事なスポンサーの命令だから、逆らえなかったということですか？」

「本当にそうなのか、これから、調べたいんだ」

十津川は、強い口調で、いった。

7

殺された千原玲子には、かなり大物のスポンサーがいた。いや、いたはずだと、十津川は、思っている。

そのスポンサーは、いったい、どんな人間なのだろうか？

刑事たちは、もう一度、千原玲子の周辺を、徹底的に、調べることにした。

芸能界の友人、あるいは、学生時代の友人や知人、さらには、親戚など、千原玲子のことを知っていると思われる人間には、全部当たるつもりだった。

普通、女優に、スポンサーがついていると、自然に、その名前が、漏《も》れてくるものである。女優自身が、自慢げに、スポンサーの名前を口にすることもあるし、逆に、スポンサーのほうが、自分のことを、女優の周辺でしゃべってしまうこともあるからだ。

しかし、千原玲子に限っていえば、一向に、スポンサーの名前が浮かんでこないのである。彼女のことを、よく知っている人間でも、彼女に、スポンサーがいたとは、知らなかったと、いうのである。

わずかに、千原玲子の後輩の女優が、高級車の中で、千原玲子と一緒にいた男を、目撃している。彼女が、大きなダイヤモンドの指輪をしていたので、それを誉《ほ》めると、途端に、そのダイヤモンドの指輪をはめてこなくなったという。

しかも、残念ながら、車に一緒に乗っていた男の顔は、よく見ていなかったといった。

今のところ、幻の男でしかなかった。どこの誰なのかも、何をしている男かも分からないし、名前も分からない。

ただ、千原玲子がしていた、一億二千万円のダイヤモンドの指輪を、そのスポンサーが、千原玲子に贈ったとすれば、かなりの資産家か、あるいは、気前のいい男だろう。その男が、千原玲子の監視役として、坂本明を、彼女に、押しつけたのか？

だとしたら、なぜ、そんなことをしたのか？

「その男は、この景気の悪い中、一億二千万円もするダイヤモンドの指輪を、千原玲子に贈った。大変な資産家か、あるいは、見栄《みえ》っ張《ぱ》りだろう」

十津川が、いうと、亀井は、

「警部は、そのスポンサーが、千原玲子を監視するために、坂本明を押しつけて、無理やり、マネージャーにさせたのではないかと、考えておられるんでしょう？」

「いや、今は、そうなら面白いし、千原玲子が殺された動機も、分かってくるんじゃないか。そんなふうに考えているだけだよ」

「私も、同じように、考えていますが、そうなると、そのスポンサーの行動が、矛《む》盾《じゅん》しているように思えてくるのです。一億二千万円もの、ダイヤモンドの指輪を贈ったわけですよね？　やたらに太っ腹で、優しいじゃありませんか？　そのくせ、千原玲子のことを、監視しようとし、そのために、坂本明という若い男を、彼女の新しいマネージャーにしています。私には、その行為が、矛盾しているように思えて仕方がないのです。ですから、そのスポンサーが、一億二千万円ものダイヤモンドの指輪を贈ったのは、ただ単に、彼女のことが、好きだということとは、ちょっと、違うような気がするんです」

「いったい、どう考えるんだ？」

「スポンサーが、その一億二千万円のダイヤモンドの指輪を贈ったのは、千原玲子を愛しているからではなくて、もしかすると、口封じのためではないかと、私は考えたんです」

と、亀井が、いった。

第四章　原発問題

1

一年後——。

そのニュースは、突然、新聞の一面を大きく飾った。

〈核燃料の最終処分場の候補地決まる。南九州の広大な台地〉

これが、新聞の一面を飾った、見出しの文字である。

日本の原発に、携《たずさ》わっている人たち、そして、過去に関係してきた人たちの誰もが、この記事に、驚いた。それほど衝撃的な記事だったのだ。

日本の核燃料リサイクルの方針は、現在、青森《あおもり》の六ヶ所《ろっしょ》村の再処理工場で再処理され、それを再度、原発で、使用するか、あるいは、プルサーマルの高速増殖炉で、使用するということになっている。

いずれにしろ、最後には、地下深くに、高レベルの放射性廃棄物の最終処分場を、作らなければならない。政府は、現在、その選定に苦慮している。最終処分場をどこにするかを決めなければならないのだが、どこに決めたとしても、必ず、反対運動が起こるからである。

青森県六ヶ所村では、現在、使用済み核燃料を、貯蔵しているが、ここは、あくまでも中間の貯蔵場で、最終処理を、ＯＫしているわけではない。

政府が主導するプルサーマル計画が成功すれば、反対運動のほうは、少なくなるのかもしれない。しかし、このプルサーマル計画は、依然として、実現の目途《めど》が立っていないのである。

また、福島《ふくしま》第一原発の事故があってから、政府は、将来、原発を維持するとしても、現在の十五パーセントから三十パーセントと、発表している。

そうなれば、当然、今以上に、核廃棄物の最終処分場が、必要になってくるのだが、それが選定できずに来たので、

「日本の原発政策は、ゴミ処理場を作らずに、ゴミを、増やしているようなものだ」

という批判の声が、大きい。

そんな時の突然の発表である。

その発表を、子細《しさい》に読んでいくと、最終処分場の場所を決めたのは、F&Kファンドである。

このファンドは、南九州の広大な造成地を買い占めていたのだが、そこに、原発の、高濃度の放射性廃棄物最終処分場を作ることを、OKしたのだという。

「土地を手に入れる時に、全ての所有者に、将来、この土地を、何のために、使用するかについて、絶対に異議は唱《とな》えないという念書を取っているから、この台地に、核廃棄物の最終処分場を作っても、何の問題もない」

と、F&Kファンドの、理事長が、コメントを発表した。

これらの事実を受けて、マスコミは、

「これで、日本の原発政策は、大きく前進する」

と、書いた。

工場誘致のためということで、自分の土地を、F&Kファンドに売った人の中には、騙《だま》されたという人もいた。

しかし、その人たちは、すでに、九州を離れて、別の場所に、住んでおり、念書を、F&Kファンドに、提出してしまっている。売却した土地が、どのようなことに使われようとも、それに対しては、一切、異議を唱えないという念書である。

十津川は、三田村と北条早苗刑事の二人に向かって、

「君たちは、向こうで、F&Kファンドの、責任者と、会ったんだろう?」

「会いました。肩書が九州支店長だという、原口修一郎という男です。たぶん、F&Kファンドでは、すでに、その時には、買い占めた土地を、工場用地としてではなく、核廃棄物の最終処分場として、売り飛ばすことを決めていたんだと思いますね。最終処分場について、困っていた政府は、すぐ、買い取りに応じたはずです」

と、三田村が、いった。

「その原口修一郎という男だが、君たちが会った時、肩書は、本当に、九州の支店長だったのか?」

「それは、間違いありませんが、あの肩書は、全く、当てになりません。原口修一郎という男は、多分、F&Kファンドの、重役の一人ではないかと、思います。九州支店長の肩書のほうが、土地を取得するのに便利なので、あえて、九州支店長という肩書を、使っていたんだと、思いますね。乗っていた車も、品川ナンバーでしたし」

と、北条早苗刑事が、いった。

「その原口修一郎だが、彼は、東京で殺された、女優の千原玲子に、一億二千万円のダイヤモンドの指輪を贈った相手じゃないのか？」

「私が会った時の印象では、パッパッと、金を使いそうな、そんな感じの男でした」

と、三田村が、いう。

「内閣府の原子力委員会は、これで日本の原発政策も、一歩前進するといっていますが、これで、本当に、スムーズにいくのでしょうか？　私には、疑問なんですが」

と、北条早苗が、いった。

「たしかに、F＆Kファンドに、土地を売り渡した人たちは、反対しないというか、できないだろうが、その周辺に住む人たちは、寝耳に水だから、当然、反対の声を上げるはずだよ。自分たちの住んでいる場所の近くに、高レベルの、放射性廃棄物の最終処分場が、できるんだからね。簡単にはいかないはずだと、私も、思っている」

と、十津川が、いった。

新聞によれば、原子力委員会は、これで日本の原発政策は、大きく前進するといい、中間貯蔵場であって、最終処分場ではないと、主張していた青森県知事、また原発問題に揺れる福島県知事も、いわゆる、核のゴミの最終処分施設が、決まったことを歓迎すると、談話をのせた。

しかし、鹿児島県知事は、反対意見を、発表している。

F&Kファンドが買い占めた、南九州の台地は、元来、工業団地誘致のためだと、聞いていた。それが、高レベルの放射性廃棄物の最終処分場になるということは、全く聞いていない。当然、反対すると、発表したのである。

十津川は、そうしたニュースを、横目で見ながら、刑事たちに、原口修一郎と千原玲子との関係について、確証をつかむようにと指示した。

すでに、博多《はかた》の宝石店で、問題の、ダイヤモンドの指輪を買ったのは、原口修一郎だということは、分かっている。

原口修一郎と千原玲子との関係を、女優と後援者の関係と、断定することは、簡単だが、問題は、そのことが、千原玲子の死と、関係があるかということである。

千原玲子を殺した犯人が、坂本明だとしても、依然として、その動機は不明なのだ。その動機に、原口が絡《から》んでいるのか？

原口修一郎本人に会って、話を聞こうとしたが、新聞の発表と同時に、原口は、渡米してしまっていた。

F&Kファンドの本社に、電話をして確認すると、原口修一郎は、以前、アメリカで起きた原発事故について、その後の経過を調べるために、渡米したのだという。帰国するのは、早くても半月後になるだろうと、相手は、いった。

千原玲子殺しの容疑者は、坂本明で、原口ではないので、強制的に、彼を帰国させることは、できなかった。

そのため、刑事たちは、千原玲子の周辺の人間から、話を聞くことしかできなかった。それで、今まで以上に、範囲を広げて、捜査をすることを、部下の刑事たちに指示した。

千原玲子は美人で、人気のある女優の一人だが、日本を代表する大女優というわけでもない。したがって、女優としての評価は、それほど、高いものではなかった。

しかし、政財界の大物には、奇妙なほど人気があることが、分かってきた。

千原玲子が、殺されてしまった後は、彼女との関係を、否定する政財界人が、多かったが、刑事たちが、調べていくと、生前の千原玲子は、着物が似合う美人女優ということで、政財界の要人のパーティには、ゲストとして、よく呼ばれていき、司会をやったりすることも多かったと、分かった。

もう一つ分かったのは、原発事故の後では、原発の宣伝、コマーシャルが自粛《じしゅく》され、ほとんど、消えてしまったが、その前には、原発の安全神話をＰＲするような、コマーシャルがあり、そのコマーシャルの多くに、千原玲子が、出演していたことである。

そのコマーシャルフィルムを二本、刑事たちが手に入れて、捜査会議で、上映した。

千原玲子が、女優として映画の撮影をしている一コマが映り、

「映画を作るためには、大量の電気が、必要になります」

と、アナウンサーが、いい、そして、原発の安全性を謳《うた》うコマーシャルが入る。

似たような、二本のコマーシャルである。

「このコマーシャルがきっかけで、原口修一郎が、千原玲子に、近づいたのかもしれませんね」

亀井が、十津川に、いった。

「たぶん、そうだろう。原口修一郎にとって、というよりも、F&Kファンドにとって、千原玲子という女優は、利用価値があったんだ。しかし、何といっても彼女は、芸能人だし、気の多い女性だったというから、いつ、原発反対に動くかもしれない。それを、監視するために、坂本明を、マネージャーとして、千原玲子のそばに置いたのかもしれないな」

「そう考えれば、原口修一郎が、一億二千万円のダイヤモンドの指輪を、千原玲子に、贈ったのも、理解できますね。いわゆる口封じでしょう」

と、亀井が、いう。

「それでも、抑《おさ》えようがなくなって、坂本明に、殺させたということに、なるのかな？」

自分自身に、問うような形で、十津川が、口にした。

問題は、たぶん、原発事故なのだ。

女優は、人気商売である。世の中に、原発反対の空気ができ上がってくると、原発賛成のコマーシャルに、出ていたことが、人気に、差し障《さわ》ってくるかもしれない。

千原玲子は、そんなふうに、考えたのではないのか？　それが、捜査本部全体の考えだった。

そんな時、鹿児島県知事が自動車事故に遭《あ》い、ケガをして入院したというニュースが、入った。

「私には、何となく気になるニュースだな」

十津川は、すぐ、三田村と、北条早苗刑事の二人に、再度、九州行きを命じた。

2

二人は、鹿児島に、飛んだ。

県警本部に行き、事故の詳細を聞いた。

この事故の調査を担当した品川《しながわ》という警部が、質問に答えてくれた。

「県知事の乗った車が、交差点で、運送会社のトラックと、出会い頭に衝突しましてね。県知事が、全治一カ月の重傷を負いました。幸い、命に別状ないようですが、一カ月の治療が必要だということなので、副知事が、その間、知事の職務を代行することになっています」

「事故の原因は、どちらにあったんですか？」

三田村が、きいた。

「調査の結果、どちらかの、一方的な過失ではなく、双方の不注意で、起きたということになっています。県知事の車のほうは、原子力委員会の委員長を、迎えに行くため、空港に向かっていたのですが、少しばかりスピードを出しすぎていたようで、交差点の信号が、黄から赤に変わろうとしているのに、交差点を突っ切ろうとした。一方、トラックのほうも、やはり、青信号になるのを待たずに飛び出してしまい、双方の不注意で、事故になってしまったようです」

「知事さんは、ケガをされて一カ月の入院ということになり、副知事さんが、その間、知事代行を、務めるということですが、副知事さんは、どんな方ですか?」

と、北条早苗が、きいた。

「名前は、石井誠之助《いしいせいのすけ》さんです。長いこと、鹿児島県庁で働いておられる方ですから、知事の入院中、代行を務めることについては、何の問題もないと、思いますがね」

と、品川が、いった。

二人が、市内のホテルにチェックインした後、鹿児島の地元紙を見ると、石井副知事の談話が載っていた。

その記事によると、入院した県知事は、南九州の台地に作られることになった、高レベルの核廃棄物の、最終処分場建設に、反対の立場を取っていたが、石井副知事は、その反対の意見を訂正する声明を、出していた。

「原発政策の第一の問題は、最終処分場を、どこに持っていくかに尽きると、思います。その解決がない限り、原発問題の解決も、あり得ません。もちろん、誰もが、自分のところに、核廃棄物の最終処分場ができることには、反対でしょう。ですが、今のままの状況では、いつか行き詰まります。どこかが、引き受けなければならないのです。それを、考えると、鹿児島県内の広大な台地に、最終処分場を作ることを、我慢しなければならないのではないか？　そうすることが、日本のためになるのではないか？　そんなふうに、考えています」

これが、副知事の談話だった。

もちろん、記者は、入院した知事との意見の食い違いについて、質問していた。

それに対しては、石井副知事は、こう、答えている。

「入院された知事も、核廃棄物の最終処分場の建設には、反対の意見を、出しましたが、結局、日本のどこかが、引き受けなければならない問題だ。それを考えると、反対の声明を出しただけでは、何の解決にも、ならない。幸い、南九州には、工業団地として整地した広大な台地がある。この台地を、日本のために提供することによって、県の赤字も解消される。どこかが引き受けなければならないとすれば、鹿児島が引き受けることも、やむを得ないことになるのかもしれないと、おっしゃっておられたので、私と知事の間に、意見の食い違いはありません」

3

翌日、三田村と北条早苗の二人は、交通事故の起きた交差点に行ってみることにした。鹿児島空港に向かう途中の交差点である。

交差点に近い派出所に行き、二人は、そこにいた、中年の巡査長に、事故の模様を改めて聞いた。

「事故が起きたのは、午後三時十五分前頃でしたね。トラックの運転手のほうは軽傷でしたが、知事のほうは重傷だったので、すぐに救急車を手配しました」

と、巡査長が、いう。

「事故の原因は、双方の不注意によるものだといわれていますが、あなたから見て、どうですか？」

早苗が、きいた。

「そうですね。知事の乗った車も、少々スピードを出しすぎていましたが、それでも、事故の責任は、トラックの運転手のほうにあると思いますよ。彼が、強引に交差点に入っていったことによって、引き起こされたと思いますね」

「そのトラックの運転手の名前と会社は、分かりますか？」

三田村が、きいた。

「もちろん、分かりますよ。会社は、鹿児島市内のS運送で、運転手は、片桐《かたぎり》純司《じゆんじ》という名前です」

「その片桐という運転手は、前にも、事故を起こしたことはないんですか？」

と、北条早苗が、きいた。

「今回の事故の一年前にも、スピード違反で捕まっているようですが、ほかには、ないですね」

と、巡査長が、いった。

三田村と北条早苗は、鹿児島市内に営業所があるというS運送に行って、話を聞くことにした。

4

S運送は、所有しているトラックが三台という小さな会社である。運転手の数も、五人と少ない。社長に会って、事故のことを聞いた。

三十代の若い社長は、三田村たちの質問に、

「こんな事故を、起こしてしまって、本当に申し訳ありません。何しろ、相手が知事さんで、一カ月の重傷を、負わせてしまっているのですから、県民の皆さんに、どんなに頭を下げても、足りません。運転手の片桐は、きつく叱《しか》ったのですが」

と、恐縮した顔で、いう。

その片桐運転手を、呼んでもらい、三田村と北条早苗は、会社のそばにある喫茶店で、話を聞いた。

片桐は、今年二十二歳という若い運転手である。

「君は、前にもスピード違反をしたことがあるそうだね？」

三田村が、きいた。

「仕方がなかったんですよ。ウチの会社は、約束の時間に、一分でも遅れると、罰金を取られるシステムになっていますから、ついスピードを出してしまうんですよ」

と、片桐が、いう。

「今回の事故も、同じような事情で、起こしたの？」

早苗が、きく。

「そうです。あの日は、自動車の部品を運んでいたんだけど、とにかく、午後の三時

までに、先方に、絶対に届けろと、社長に、いわれていたんで、つい、交差点の信号が、青になるのが、待てなくて、アクセルを踏んでしまったんです」

片桐が、弁解する。

しかし、片桐という、この若い運転手の顔を見ていると、何となく信用が置けない感じがした。ウソをついているような、そんな感じがしたのだ。

そこで、三田村は、部品を運んだ自動車の組み立て工場に、電話してみた。

工場長は、三田村の質問に対して、こう答えた。

「たしかに、こちらでは、運ばれてくる部品を、待っていましたよ。しかし、絶対に午後三時までに、届けろなんて、いっていませんよ。その日のうちに、こちらに届けばいい、スケジュールになっていますから、急がせたようなことは、全くありませんん」

それに、続けて、

「何か、ご不審の点がありましたら、こちらに来て、調べてください。問題の部品は、こちらに二日分の予備があるので、その日に、届かなくても、作業が、止まることはないんです」

と、いうのである。

三田村は、その話を、そのまま、片桐運転手に、突きつけた。

とたんに、片桐は、狼狽《ろうばい》の表情になった。

「それじゃあ、ウチの社長が、間違えて、俺に誤った指示を、出したんです。午後三時までに絶対に届けろって、社長は、俺に、いったんですよ。だから、急いで届けようとしたんです」

そこで、今度は、北条早苗刑事が、S運送の社長に、電話をかけた。

社長は、こんな返事をした。

「あれは、そんなに、急ぐ仕事じゃありませんでしたよ。午後三時までに、絶対に届けろなんて、いっていません。片桐が、何か、勘違《かんちが》いをしているんじゃないですか？」

今度はまた、片桐である。もう一度、確認すると、

「ウチの社長が、ウソをついているんですよ。自分で急がしておいて、そのために、俺が、事故を起こしたら、自分の責任になると思って、否定しているんです。俺ひとりを、悪者にしてるんですよ。そうに、決まっていますよ」

と、大きな声を出した。

「私たちは、君が、一方的に悪くて、事故を起こしたとは、思ってはいないよ。双方

に、落ち度があったと、見ているんだ。だから、正直にいってほしい。S運送の社長は、午後三時までに運べなんて、そんなことはいっていないというし、向こうの会社も、午後三時までに、届けろとは、頼んでいないと、いっている。こうなると、どう見ても、君が、ウソをついているとしか、思えない。違うかな？　どうして、そんなウソを、つくのか、もし、何か、ウソをつかなければならない理由があるのなら、それを、正直に話してほしいんだ」

三田村が、優しく、いった。

それでも、片桐運転手は、

「誓っていうけど、俺は、ウソなんかついてないよ。ウチの会社の社長に、午後三時までに、先方に届けろ、絶対に遅れるなと、いわれていたんで、つい、信号が赤なのに、発進してしまったんだ。だから、事故を起こしたのは、社長の責任だよ。それなのに、どうして、何だかんだと、俺に、文句をつけてくるんだ？」

最後には、大声を出し、

「もう話は、終わりだ。これ以上話すことなんか、何もない。俺は帰る」

と、いって、喫茶店を、飛び出して行った。

「どう思う？」

三田村が、早苗に、きいた。

「おかしいわ。反応が、ちょっと、異常すぎるもの」

と、早苗が、いった。

「たしかに、どこかおかしいね」

三田村も、いう。

そこで、三田村と北条早苗は、県警本部の島田《しまだ》警部に、電話した。

「事故を起こした、S運送の運転手ですが、片桐純司という、二十二歳の男です。彼と会って、いろいろと、きいてみたんですが、気になることがあるので、片桐運転手を、マークしていただきたいのです。われわれは、彼に、顔を見られているので」

その後で、三田村は、遠慮がちに、北条早苗刑事に、

「明日、どうしても、行かなければならないところがあるので、一日、自由行動を取らせてもらいたいんだ」

と、いった。

早苗の顔に、微笑が浮かんだ。

「あなたの考えていることは、大体、想像がつくわ。遠慮しないで、行ってらっしゃい」

5

翌日、三田村は、昼少し前に、泊まっていたホテルを出て、指宿枕崎線の西大山駅に、向かった。

いつ見ても、かわいらしい、小さな無人駅である。この前の時と同じように、きれいに掃除され、美しい草花が、植えられたホームでは、観光客らしい若いカップルが、しきりに駅周辺を、写真に撮っていた。

十五、六分もすると、そのカップルも、どこかに姿を消した。

列車は、一向にやって来ない。

ただ、前方にそびえる、開聞岳だけが、どっしりと、落ち着いて見える。

三田村は、ホームの中ほどにある、小さな待合室のベンチに腰を下ろし、腕時計に目をやった。

一両編成の気動車《ディーゼルカー》が、近づいてきて、ホームに停まった。

しかし、列車から降りる人間もいなければ、乗る人間もいない。ひっそりと列車が発車していった。

待合室には、あの時と同じように、一冊のノートが置いてあった。表紙には、「思い出ノート」とあり、

〈どんなことでも結構ですから、感想でも意見でも、自由に書いてください〉

とも、書いてあった。

三田村は、時間を持て余して、そのノートのページを、開いていった。

そこには、さまざまな感想が書かれている。ページをめくって、そこに書かれてある文字を読んでいるうちに、突然、

〈三田村刑事様〉

という文字に、ぶつかった。

三田村は、ハッとして、そこに、書かれている文字を、目で追った。

〈あなたは、勝手に、一年経《た》ったら、また会いたいと、いわれました。

しかし、私には、あなたに、お会いする理由がありません。

もっと正直にいえば、私は、あなたには、二度と、お会いしたくないのです。

もし、あなたが、この駅に来て、私を待つようなことがあっても、それは、時間の無駄ですから、すぐに、お帰りになってください。

それから、あの時、お答えした名前は、本名ではございません〉

ノートには、それだけしか、書かれていなかった。

どうやら、彼女は、昨日、この駅に来て、ノートに書き込んだらしい。

たしかに、三田村は、自分を助けてくれた女に向かって、もう一度、会いたい。一年経ったら、もう一度、この西大山駅に来るつもりでいる。できれば、その時に会ってほしいと頼んだ。

彼女が、来てくれるか、それとも、来ないか？

正直にいって、三田村には、自信がなかった。おそらく、来てはくれないだろう、そう思ったのだが、実際に今日、彼女の姿が見えないと、三田村は、深い悲しみに、襲われてしまう。

三田村は、そのページだけを切り取ると、畳《たた》んでポケットに入れた。

次には、あの時と同じように、ホームの端まで行って、開聞岳と、向き合った。

彼女は、ノートに、三田村とは会いたくないと書いている。

しかし、彼女は、昨日、わざわざ、この西大山駅まで来て、この文章を書いてくれたのだ。少なくとも、それだけは、間違いないのである。

そう思えば、完全な拒否とはいえなかった。

一つだけ、気になることがあった。ただ、会いたくないというのではなくて、会いたくない理由があると、受け取れるように、書いてあるのだ。

これは、いったい、何を、意味しているのだろうか？

一年前のあの日、三田村は、彼女に、初めて会ったと、思っていた。

しかし、あるいは、前にも、会ったことがあるのかもしれない。そんなことも、三田村の頭に浮かんでくる。

もし、彼女に、前にも、会っていたとすると、どんなところで、どんな状況で、会っていたのだろうか？

時間がたち、少しずつ、周囲が、暗くなっていく。そろそろ、帰ろうかと思った時、下りの列車が、近づいてきた。

列車がホームに停まると、一人の乗客が降りてきた。

北条早苗だった。

「ここだと思ったわ」

と、早苗が、いった。

「わざわざ迎えに来てくれなくてもよかったのに。ちゃんと帰るんだから」

と、三田村が、いった。

「それは、分かっていたけど、一刻も早く、知らせたいことがあったの」

「何？」

「片桐純司という、トラックの運転手のことで、県警の島田警部に、頼んでいたでしょう？　監視してくれって」

「ああ」

「それで、県警は、刑事を、二人つけて、監視してくれたんだけど、その写真を送ってくれたの。そうしたら、面白いものが、写っていたのよ。何としてでも、早く見せたくて」

と、早苗が、いう。

早苗が、三田村に、見せたのは、二枚の写真だった。ビデオカメラで撮り、それを、写真に焼きつけたものである。

周囲がすでに暗くなっているので、三田村は、二枚の写真を、明かりの下で、見つめた。

片桐運転手が、誰かと、会っている写真だった。

「これ、坂本明じゃないのか？」

と、三田村が、いった。

早苗が、ニッコリする。

「その通り。間違いなく坂本明だわ。尾行していた、県警の刑事も、坂本明だと気づいて、逮捕しようとしたんだけど、残念ながら、逃げられてしまったと、いっていたわ」

「なるほど。二人は、どこで会っていたんだ？」

「鹿児島市内に、天文館《てんもんかん》通りという、盛り場があるんだけど、二人は、そこで会っていたそうよ。人ごみに紛《まぎ》れて、二人とも、逃げてしまったので、坂本明を逮捕することができなかったそうよ」

「じゃあ、一緒に、逃げたのか？」

「その可能性は、大いにあるわ」

「そうなってくると、運転手の片桐が、危ないな」

と、三田村が、いった。

鹿児島県警でも、同じことを、考えたらしい。そこで、二人を見失った天文館周辺に、非常線を張った。

6

この事実は、すぐ、三田村たちから、東京の十津川に知らされた。

十津川は、鹿児島県警によって、坂本明と、片桐の二人が逮捕されれば、今回の捜査は、一気に進展するだろうと、期待した。

しかし、翌日になっても三日目になっても、二人が、あるいは、そのうちの一人が、逮捕されたという知らせは、県警から入ってこなかった。

県警は、すでに、二人は、県外に、去ったものとみられると、警視庁に、報告してきた。

その結果、三田村と北条早苗も、東京に戻って、捜査会議が、開かれた。

「坂本明と片桐運転手が会って、その後、二人とも、姿を消したことから、一つの結論が、導《みちび》き出せると思います」

十津川は、自分の考えを、三上本部長に、伝えた。

「これは、私の推論でしかありませんが、坂本明が、片桐運転手を、脅《おど》すか、買収して、トラックを運転させ、鹿児島県知事の車に、わざと、ぶつけさせたのではないでしょうか？　その結果、県知事が、入院してしまったのです。目的は、鹿児島県知事が、核廃棄物の最終処分場の建設に、反対したことに対する攻撃だったと、考えることができます。知事の代行をすることになった副知事は、広大な南九州の台地に、核廃棄物の最終処分場を建設することに、ＯＫを出し、やむを得ない判断であるという、コメントを出しています」

十津川が、説明した。

「それで、Ｆ＆Ｋファンドは、どういっているんだ？」

と、三上が、きいた。

「理事長は、こういっています。南九州の土地を、買収したのは、あくまでも、工場誘致のためだ。その工場誘致が失敗して、土地の処分に、困っていたところ、内閣府の原子力委員会が、核廃棄物の最終処分場の建設地を、探していることを知ったので、原子力委員会に、土地を売ることにした。土地を原子力委員会に売ることを決めたのは、原口修一郎で、その原口は、現在、アメリカに、出張中で、あと半月しないと帰ってこないと、いっています。もちろん、九州で起きた、鹿児島県知事の交通事故に関しては、自分たちは、何の関係もないと、いっています」

「交通事故に、F&Kファンドが、関与しているという証拠は、何もないのか?」

「いろいろと調べてみましたが、今のところ、それを、裏づける証拠は、見つかっておりません」

十津川が、いった。

「問題は、F&Kファンドと、鹿児島県知事の交通事故との関係だな。それを証明することは、難しそうか?」

「まず、無理だと思います。われわれが、捜査を強めると、片桐運転手が、消されてしまう恐れがあります」

十津川は、その点が気がかりだった。

「そうなると、ほかの捜査方法もあるな。F&Kファンドの、原口修一郎と、殺された千原玲子との関係は、分かった。その千原玲子と、坂本明との関係も分かっている。あとは、坂本明と原口修一郎との関係が証明できれば、何とかなるんじゃないのか?」

三上が、いった。

「たしかに、その二人の関係が、証明できれば、F&Kファンドに、捜査のメスを入れることが、できますが、今のところ、二人のつながりについては、証拠がありません。残念ながら、F&Kファンドに切り込んでいくことができないのです」

　十津川が、答えた。

「君は、F&Kファンドの話は、信用していないんだろう？」

「あらゆるファンドの目的は、金儲《かねもう》けです。それに、工場誘致のために、土地を買い込んでいたが、不景気で工場誘致に失敗した。処分に困っていたところに、原子力委員会で、土地を買ってもらって助かったといっていますが、これは、明らかにウソです。三田村と北条早苗の二人の刑事が、調べたところでは、工場誘致の線が消えたあとも、次々に南九州の土地を買収していたといいます。F&Kファンドの目的は、最初から工場誘致ではなくて、政府の原発だったんです。原発事故が起きたり、廃棄物が増えていけば、一刻も早く、最終処分場を決めなければいけないのに、いっこうに決まらない。今なら、最終処分場の用地は、高く売れると見たんですよ。最終処分場が決まれば、原発反対の声も、少し小さくなるでしょう。原子力委員会としては、かなりの高額で、南九州の広大な台地を、買うことになったと思いますね」

「しかし、せっかく購入した土地で、反対運動が起きたら困るだろう」

「多分、F&Kファンドは、アフターケアつきで、高額で、土地を売ったんだと思いますね」

「アフターケアつき?」

「反対運動が起きたら、それを押さえ込むというアフターケアです。こちらは、多分、原口修一郎が責任者で、計画と実行のプランを作っておいて、アメリカに行ってしまったんです。今は、アメリカからだって、指示はできますから」

「しかし、半月後には、帰国するんだろう?」

「反対運動のピークは、半月の間と、読んでいるんですよ」

「今後の捜査の方針としては、何としてでも、原口修一郎と、坂本明との関係を見つけ出すことだ。それが、見つかれば、F&Kファンドも捜査できる。そうしないと、今回の事件の捜査は、一向に、進展せず、行き詰まってしまうぞ」

三上本部長は、十津川の顔を、見ながら、脅かした。

捜査会議の後、三田村は、一人になると、九州から持ち帰ってきたノートの紙片を広げて、改めて、そこに書かれた文章を、読んでみた。

現在、捜査一課が捜査をしている殺人事件とは、何の関係もない女性に、自分は、好意を持つようになった気がする。

だが、別の不安も浮かび上がってきていた。

西大山駅で、事件の捜査に当たっていた、三田村は、突然、容疑者の坂本明に狙撃《そげき》されて、重傷を負った。その時、たまたま、西大山駅にいた彼女が、自分の車で、病院まで運んでくれたのである。

そのおかげで、三田村は、一命を、取り留めることができた。

しかし、彼女は、偶然、あの時、西大山駅にいたのだろうか？

漠然《ばくぜん》とした疑問が、三田村の頭の中で、次第に、一つの形を、作っていくのだ。

あの時、偶然ではなくて、彼女は、何か理由があって、西大山駅に、いたのではないのか？

もし、理由があって、西大山駅に、いたのだとしたら、いったい、どんな理由が、考えられるだろうか？

あの時、三田村は、東京で起きた殺人事件の容疑者、坂本明を、追っていた。彼女も、何か理由があって、坂本明を、追っていたのかもしれない。

その先を考えることは、恐ろしかった。だが、考えてしまう。

彼女が、坂本明と会うために、西大山駅にいたのだとすれば、彼女を、逮捕しなければならないことに、なってしまうかもしれない。

三田村は、それが心配だった。もし、そういう事実が、あるのなら、彼女を、探さないほうが、いいのかもしれない。

（だが）

と、三田村は、思い直し、

（俺は、何があっても、もう一度、彼女に会いたいのだ）

と、自分に、いい聞かせた。

第五章　再び西大山駅

1

F&Kファンドは、手持ちの土地を原子力委員会に売却した。それによって、莫大《ばくだい》な利益を得たと、思われたが、その額は、公表されなかった。

しかし、現在、九州の各地で、最終処分場建設反対の運動が起きている。

三田村刑事は、テレビのニュースで、そうした反対運動の様子を見ていたが、その群衆の中に、彼女の顔を見つけ出した。

「鹿児島に、原子力廃棄物の最終処分場を建設することには、絶対反対！」というのぼりを立てた人々が、テレビに映っている。

人数は、それほど多くない。せいぜい二百人か、三百人といったところだろう。

その中に、自分を助けてくれた彼女が、いたのである。

東京に帰っていた三田村は、すぐ十津川に、再度、鹿児島に行きたい旨を告げた。彼女のことも、正直に話した。

「別に、彼女に会いたいというわけではありませんが、私が撃たれた時も、坂本明のそばに、彼女もいたのです。それが、心配なのです」

と、三田村は、いった。

十津川は、すぐ、

「分かった。北条刑事と一緒に、鹿児島に行くことを許可する。向こうに行ったら、鹿児島県警と協力して、できるだけ早く、坂本明を、逮捕するんだ」

二人はすぐ、羽田《はねだ》から、飛行機で、鹿児島に向かった。

「彼女の気持ちが、どうしても、分からないんだ」

飛行機の中で、三田村は、北条早苗に、いった。

「分からないって、どこが？」

と、早苗が、きく。

「一年前には、死にかけたところを、助けてくれた。それなのに、どうやら、俺は、彼女に嫌われているみたいなんだ。それが分からない」

「それは、あなたが、刑事だからよ」

早苗が、いとも、あっさり片づけた。

「そうかもしれないが、一年前には、刑事の俺を、助けてくれたんだ」

と、三田村が、繰り返した。

「それは、おそらく目の前で、あなたが倒れたから、仕方なく、助けたんだと思うわ。つまり、彼女の優しさね。だけど、その優しさに甘えたら、まずいと思うの」

「そこが、よく分からないんだ。だけど、別に、俺は、彼女を逮捕しようというわけでもない。俺が逮捕したいのは、坂本明なんだ。それなのに、どうして、彼女は、俺のことを、嫌うんだろう?」

「F&Kファンドだけど、おそらく、前々から、原子力委員会と示し合わせて、南九州の土地を、買い漁《あさ》っていたんだと思うの。原発の問題が難しくなってきたら、原子力委員会が、最終処分場の候補地を、F&Kファンドから、買うということを、両者で示し合わせておいて、F&Kファンドが、土地を買い集めたんじゃないのかしら?　だからこそ、土地を買うたびに、この買った土地を、どう利用しようが、文句はいわないという一札《いっさつ》を、売り主からもらっていたのよ。だから、F&Kファンドがやったことは、はっきりしているわ」

と、早苗が、いった。

「俺だって、F&Kファンドのやり方には、反対だ。だから、その点では、彼女に、恨《うら》まれることはないんだ」

「まあ、聞きなさいよ」

と、早苗が、いった。

「F&Kファンドが、買い集めた土地を原子力委員会に売ったら、当然、F&Kファンドと原子力委員会に対して、反対運動が起こる。彼女は、その反対運動の中に、入っているわけでしょう?」

「ああ、そうだ。しかし、今よりも、もっと早くから、彼女は、F&Kファンドのやり方を、警戒していたんじゃないかと、思っている。しかし、俺は別に、彼女の敵じゃない」

「でも、彼女は、あなたを敵だと、思っているわ」

「そうかな」

三田村は、首をひねった。

「F&Kファンドと、原子力委員会、この二つとも、体制側だし、反対運動をする側から見れば、警察だって体制側よ。これは、どうしようもないわ。あなたがいくら、反対運動を理解していて、F&Kファンドや原子力委員会のやり方には、反対だといっても、体制側だという人々の意識は、変わらないわ。これは、どうしようもないことだから、反対運動する人たちの攻撃は、甘んじて、受けなきゃいけないの」

冷静な口調で、早苗が、いった。

鹿児島空港に着くと、二人は、まっすぐ、鹿児島県警に急いだ。今回の事件を担当している島田警部に、挨拶《あいさつ》するためだった。

2

島田警部は、二人を迎えて、

「現在、鹿児島県警としては、坂本明と片桐運転手の二人に対して、指名手配をしています」

島田警部は、この二人の顔写真も、見せてくれた。

「見つかりそうですか？」

三田村が、きいた。

「こちらとしては、片桐運転手のほうが、見つけやすいと考えています。坂本明は、殺人事件の容疑者ですが、片桐運転手は、トラックを、知事の車にぶつけて、知事をケガさせただけですから、はるかに罪が軽い。本人も、それが分かっていると思いますから、逃亡に、疲れれば、名乗り出てくることも、考えられます」

と、島田が、いった。

その後、話題は、反対運動のことになった。

「反対運動が起こることは、われわれも予想していました」

と、島田は、いった。

「反対運動に対して、F&Kファンドと原子力委員会は、どう、対処するつもりなんでしょうか?」

三田村が、きく。

「F&Kファンドが、巧妙だと思うのは、あらかじめ、原子力委員会が必要とする、土地の広さを、調べておいて、その二倍の広さの土地を、買い占めていたんです」

「それは、どうしてですか?」

「原発の廃棄物の最終処分場を作るということが公になれば、当然、反対運動が、起きます。原子力委員会が、最終処分場を作る広さの土地を用意したのは、もちろんですが、それ以外に、その周りに、幅百メートルの緩衝《かんしょう》地帯用の土地を、F&Kファンドに、用意させておいたのですよ。そうすれば、反対運動も強くならないと、読んでいたと思います。両者示し合わせてです」

島田が、説明した。

「じゃあ、その土地は、F&Kファンドは売らずに、自分で持っているつもりなんですかね？」

三田村が、いうと、島田は、笑いながら、

「彼らが、そんな、儲《もう》からない商売をするわけが、ないでしょう？　われわれの調べでは、緩衝地帯を含めた土地を、原子力委員会が、買い上げたことが、分かっています。表向き、緩衝地帯の土地は、現在も、F&Kファンドが、持っていることになっていて、反対運動に対して、F&Kファンドは、自分たちも、将来が心配だから、緩衝地帯を、用意しておいたと、少しずつ、植林を、始めているのです。将来、そこに、森林を作り上げ、人々の目から、最終処分場を、見えないように、隠してしまうつもりでしょうね」

「隙間《すきま》は、なかったんですか？」

と、北条早苗刑事が、きいた。

島田警部は、エッという顔になって、

「隙間って、何ですか？」
「F&Kファンドは、あらかじめ、原子力委員会が必要とする土地の広さを知ってい
て、それを買い占めました。そして、その周りを幅百メートルにわたって、ぐるりと
買い占めたということでしょう？」
「そうです」
「しかし、百メートルの幅で、思い通りに、買い占められるかどうか、分からなかっ
たんじゃありませんか？　自分の土地は、絶対に売らないという人がいれば、当然、
そこは、隙間に、なってしまうと思うんですが？」
「ああ、そういうことですか」
と、島田警部が、いった。
「たしかに、百メートルの幅でうまく買えなくて、F&Kファンドと、土地の所有者
とで、もめたこともあるようです。ところが、いつの間にか、百メートルの幅の、緩
衝地帯を、F&Kファンドが、買い占めていたのです。どうやって買ったのかは、分
かりませんが、とにかく、土地をうまく買い占めたと、われわれも、見ています」
「緩衝地帯を含めた正確な図面は、ありませんか？」
と、三田村が、きいた。

島田警部は、

「われわれ警察は、持っていませんが、県に行けば、あると思います。県内の土地の売買については、県庁が、かなり手助けしていますから」

「しかし、県知事は、何の相談もなく、F&Kファンドが、原子力委員会に、土地を売ったことに対して、反対していたのではありませんか？」

と、三田村が、いった。

だからこそ、県知事の車に、トラックをぶつけ、知事をケガさせて、入院させてしまったのである。

「それは、F&Kファンドが、買い占めた土地を原子力委員会に売って、そこに、原子力廃棄物の最終処分場ができるから、反対したのです。F&Kファンドが、土地の買い占めを行なっていた頃は、とにかく、不景気で、土地の値段が、どんどん下がっていました。ですから、県でも、F&Kファンドに対して、積極的に、土地を、斡旋《あっせん》したんですよ」

島田警部が、説明してくれた。

二人は、県庁に向かった。県警の島田警部の紹介状を、もらっていたので、簡単に、副知事に、会うことができた。

どうやら、副知事は、警視庁から来た、三田村刑事と北条早苗刑事の二人を、自分の味方と考えたらしい。

すぐ知事室に二人を迎えて、お茶を淹《い》れてくれた。

問題の土地の図面も、あっさりと、見せてくれた。

原子力委員会が、最終処分場を建設する場所は、ほぼ、矩形《くけい》である。その矩形の周りに、百メートルの幅で、緩衝地帯が、設《もう》けられている。

その緩衝地帯は、グリーンで塗ってある。

「これが、例の緩衝地帯ですか？」

三田村が、きくと、副知事は、ニッコリして、

「これがあるから、私は、今回の計画に、賛成したんですよ」

そのあと、急に能弁になって、自分の考えを話し始めた。

「わが国の最大の問題は、エネルギー問題ですよ。原発は、絶対に必要です。しかし、ただ単に、原発が必要だと、いっているだけでは、問題は、解決しません。いちばんの問題は、原子力廃棄物の最終処分場です。青森でも、自分のところは、中間処理場だといっていて、最終処分場は、まだ決まっていないのです。そこで、鹿児島県として、安全な原子力のゴミといわれるものを、最終的に処分する場所を考えていた

ところに、F&Kファンドが、その土地を、提供してくれることになったのです。最終処分場は、どこかに、作らなければならんのです。だから、私は、反対しなかったのです。現在入院している知事と、何度も、話し合いを持った結果、知事も納得して、賛成することになりました」

「しかし、現在、反対運動が、起こっていますね?」

三田村が、いった。

「反対運動が、起こることは、当初から、予想されていました。安全なことが分かっていても、反対する人は、必ずいますからね。それに対して、この緩衝地帯は、実に、うまくできていますよ。これで、私は、反対運動も、下火になるはずと、考えているのです。第一、反対している人の中にも、この百メートル幅の、緩衝地帯のことを、知らない人がいますからね。ですから、説得は、容易だと、思っています」

「テレビで見たのですが」

三田村は、テレビのニュースで、放送された、反対運動の場面の一つを、写真にしたものを、副知事に、見せて、

「この反対運動をしている人たちには、どこに行けば、会えるでしょうか?」

「刑事さんは、反対運動を、認めているんですか?」

副知事が、眉《まゆ》をひそめる。

三田村は、慌《あわ》てて、

「そういうわけじゃありません。私たちは、東京で起きた殺人事件を、捜査しているのですが、その犯人が、今回、反対運動をしている人たちの中に、紛《まぎ》れ込んでいる可能性があると、考えています。捜査の一環として、反対運動をしている人たちにも、会ってみたいと、思っているのです。この写真の、反対運動のことが分かればと思って、おききしてみたのですが、分かりますか？」

「了解しました」

副知事は、また笑顔になって、調べてくれた。

「この近くに、西大山駅という無人駅があります。鉄道ファンが、よくやって来る駅ですが、ご存じですか？」

「行ったことがありますから、分かります」

「実は、この駅の、周辺の土地も、F&Kファンドが、買い占めたので、それに反対する人たちが、西大山駅近くの民家を、買いましてね。そこに、運動本部を置いています」

と、副知事が、教えてくれた。

3

県庁を出た後、三田村は、

「参ったな」

と、つぶやいた。

「西大山駅に、行きたいんでしょう?」

歩きながら、早苗が、いった。

その顔は、笑っている。

「今は、行かないほうが、いいような気がする」

「別に、悩むことなんて、ないんじゃないの? 彼女に、会いたいんでしょう?」

「いや、今すぐには、会わないほうがいいと、思っている。ただ、反対運動の拠点になっているという民家は、見ておきたいんだ。どういうところが、反対運動の、本拠地になっているのか、知りたいからね」

「じゃあ、行きましょうよ」

と、早苗が、いった。

二人は、指宿枕崎線に乗り、西大山駅で、降りた。

ホームに降りると、やはり、「高木美由紀」のことが、思い出された。

細長い無人駅のホームである。今日は、誰もいなかった。

三田村は、ホームの先端に、目をやった。その視線のさらに先に、雄大な開聞岳が、そびえている。

一年前に、ホームの先端まで行き、そこで突然、坂本明に、撃たれたのである。

運動本部が置かれた民家の場所は、副知事に教えてもらっている。二人は、その民家に向かって、サツマイモ畑に沿《そ》って、歩いていった。

「この辺りも、問題の緩衝地帯になるんじゃないの」

歩きながら、早苗が、いった。

「それで、あの開聞岳に、原口修一郎がいたんだ」

三田村も、歩きながら、しゃべる。

原口は、あの時、開聞岳の上から、海を眺《なが》めていた。たぶん、その前には、陸地のほうも見ていたのだろう。

やがて前方に、ポツンと、民家が一軒、見えてきた。

二階建ての、古びた民家である。壁には、大きな看板が、かかっていた。そこには

「原発のゴミを捨てるな」とあり、「最終処分場建設反対」の文字もあった。

前庭には、マイクロバスと軽自動車が駐《と》まっている。

三田村は、立ち止まった。

その民家に近づくのが、何となく、憚《はばか》られたからである。立ち止まって、その民家を、眺めていると、中から、三人の男女が出てきた。

男が二人、女が一人。みんな若い。

女は、彼女だった。携帯を耳に当てて、しゃべっている。

そのまま、庭に駐めてある、軽自動車のそばまで、三人が歩いていった時だった。

突然、銃声が起きた。

一発、二発。

携帯をかけていた彼女の身体が、その場に崩れていく。

北条早苗が、倒れた彼女に向かって、走っていく。

三田村は、銃声のしたほうを、睨《にら》んだ。

視線の先に、車が駐まっていた。その車に向かって、三田村が、走った。走りながら、自分が、拳銃を持っていないことに、気がついた。

犯人がその車にいれば、今度は、自分が撃たれるかもしれない。そう思ったが、走るのを止《や》めなかった。

走りながら、三田村は、怒っていた。もし、あの車の中にいるのが、坂本明だったら、あいつは、一年前に三田村を撃ち、今度は、彼女を撃ったのだ。

突然、車が走り出した。運転している人間は、アクセルを踏み続けているらしく、エンジンが唸《うな》っている。

そして、泥を跳ね飛ばしながら、猛烈な勢いで走り、あっという間に、三田村の視界から消えた。

三田村は、その場に倒れて、動けなくなった。息が弾んでいる。

それでも、走り去った車のナンバーは、しっかりと覚えていた。

息を弾ませながら、口の中で、そのナンバーを、何度かつぶやいた。

そのうちに、今度は、救急車のサイレンの音が聞こえた。救急車が一台、しゃがみ込んでいる三田村の、そばを抜けて、さっきの民家の方向に、走っていった。

その救急車が、引き返してきて、再び、走り去っていく。

北条刑事が、三田村のそばにやって来て、

「大丈夫？」

と、声をかけてきた。

三田村は、立ち上がると、

「彼女は、どんな具合だ？」

と、きいた。

「足を撃たれているわ。左の足に、弾が命中している。でも、大丈夫よ。命に別状はないみたいだわ。だから、安心しなさい」

と、早苗が、いい、

「向こうに駐まっていた車から、撃ったのね？」

「確認している。あれは、レンタカーのナンバーだ」

「それなら、借りた人間が、確認できるじゃない。すぐ調べましょう」

問題のレンタカーの営業所が、鹿児島駅前にあることが分かって、二人は、指宿枕崎線で、また、鹿児島に戻った。

そのレンタカーの営業所で、三田村が、覚えていたナンバーをいうと、所員は、すぐその車を借りた人間の、免許証の写しを見せてくれた。

そこにあったのは、坂本明の名前ではなかった。

北川真由美《きたがわまゆみ》という三十歳の女性の名前である。住所は、鹿児島市内になっている。

「借りに来たのは、この北川真由美という女性本人でしたか？　それで、間違いありませんか？」

と、三田村が、きいた。

「そうですよ。借りたのは、昨日の午後一時頃でした。北川真由美さんご本人が、借りに来ました」

と、所員は、いった。

「しかし、私が見た車は、男が、運転していましたがね」

「それなら、彼女が借りて、彼に、貸したんじゃありませんか？」

と、いってから、若い所員は、言葉を続けて、

「たしか、あの時は、男性が、外で待っていましたから、たぶん、あなたが見たのは、その男の人じゃありませんかね？」

「どんな感じの男でしたか？」

三田村が、きくと、所員は、困った顔になり、

「こっちは、車を借りに来た、北川さんと話をしていたので、男の人のほうは、よく覚えていないんですよ。サングラスをかけて、横を、向いていましたからね」

と、いった。

これでは、その男が、坂本明かどうかは、分からない。

そこで、二人は、北川真由美という女性に会ってみることにした。

免許証の記載によれば、北川真由美という女性の住所は、鹿児島市内の、マンションである。その部屋を訪ねていくと、そこには、三十五、六歳の男がいた。

三田村と北条早苗が、警察手帳を見せて、

「北川真由美さんが、いらっしゃったら、お会いしたいのですが」

というと、男は、ビックリした顔で、

「家内は、出かけていて、留守ですが」

「どこに行かれたのか、分かりますか？」

「たぶん、F&Kファンドの支店に、行ったのだと思います」

と、いう。

「支店は、この近くですか？」

「ええ。家内は、そこで、働いているんです」

と、男が、いった。

三田村は、以前に、原口修一郎がくれた、名刺の住所を、思い出していた。

「失礼ですが、奥さんは、F&Kファンドで、どんな仕事を、されているんですか？」

早苗が、きいた。

「いろいろです。私も家内も、F&Kファンドの、会員でもありますし」

と、男が、いう。

三田村たちは、そちらに、回ってみることにした。

九州支店は、鹿児島市内の、雑居ビルの三階にあった。

入口には、「F&Kファンド九州支店」と、書かれてあった。

しかし、そこには、北川真由美は、いなかった。

「たぶん、私たちと別れてすぐ、彼女の夫が電話をかけて、彼女に、知らせたんじゃないかしら?」

と、早苗が、いった。

二人は、支店長に、会った。原口修一郎ではなかった。

支店長は、北川真由美は、単なる会員の一人で、坂本明という男のことは、全く、知らないと主張した。

「しかし、原口修一郎さんのことは、ご存じですね。前に、F&Kファンドの九州支店長だった人ですから」

と、三田村が、いった。

支店長は、

「原口は、F&Kファンドの、日本支社長ですよ。私なんかよりも、はるかに、偉い人です」

と、いう。

やはり、九州支店長の肩書は、偽装だった。

支店長は、続けて、

「原口は、現在、アメリカに、行っています」

と、いった。

そのことは、三田村も、知っていた。

「もう一つ、指宿枕崎線の西大山駅の近くに、反対運動の事務所があるんですよ。その事務所の近くで、反対運動をやっている女性が、さっき撃たれました。犯人は、レンタカーの中から、撃ったのですが、そのレンタカーを、昨日、ここに勤めている、北川真由美さんが、借りているんです」

三田村が、いうと、

「そういうことは、残念ながら、私には、よく分かりません。北川真由美は、仕事ではなく、私用で、車を借りたのでしょうから、われわれとしては、関係がないとしか、ご返事のしようがありません」

と、支店長が、いった。

「反対運動のことは、ご存じですよね？　反対運動の敵は、原子力委員会と、その原子力委員会に、土地を売った、F&Kファンドですから」

「正確にいえば、反対運動の皆さんの相手は、原子力委員会なんですよ。そこに、私どもは、ただ、単に土地を売却しただけです。反対運動のターゲットにされるのは、大変迷惑なんですよ」

支店長が、肩をすくめる。

「つまり、F&Kファンドとしては、土地を、原子力委員会に、売っただけで、その土地が、何に利用されようが、関係ない。そういうことになりますか？」

「そうなりますね。事実、関係ありませんから。ウチが、最終処分場を、作るわけじゃありませんので」

と、支店長が、いった。

「もう一つおききしますが、坂本明という名前に、記憶は、ありませんか？」

三田村が、きいた。

支店長は、一瞬、戸惑いの表情を、見せてから、

「どういう人でしょうか？　坂本明さんは」

「東京で殺人を犯し、そして今日、反対運動の女性を撃った犯人です」

「殺人犯ですか。それは、大変な男ですね。しかし、私は、坂本明という名前には、記憶がありませんし、ウチの会員でも、ないでしょう？」

「F&Kファンドは、買い占めておいた土地を全て、原子力委員会に、売ってしまったわけでしょう？　それなのに、どうして、まだ、鹿児島に、支店を置いたりしているんですか？」

「ウチは、持っていた土地の、約三分の二を、原子力委員会に、売却しただけなので、まだ、所有する土地が残っているんです。ですから、当然、九州支店が、これからも、必要になるんですよ」

「土地を売った後の、サービスのために、あるんじゃありませんか？」

「土地を売った後のサービスって、何でしょうか？」

「F&Kファンドは、買い占めた土地を、原子力委員会に、売り飛ばして、大きな利益を、得たわけでしょう？　しかし、その後で、何か問題が起きては、困ったことになる。原子力委員会としても、土地は、手に入ったが、そこに、最終処分場を作らなければ、何の意味も、ありません。F&Kファンドは、最終処分場を作るにあたって、何か問題が起きたり、こじれたりした場合は、サービスで、その始末をする。そういう約束を、内々で、交わしていたから、その分高く、土地を、売ったのではありませんか？」

「ウチの会社は、そんな約束なんて、していませんよ。土地を売った後のことは、買った原子力委員会の仕事ですから。ウチとは、何の関係もありません」

「そういうサービスは、本当に、ありませんか？」

「ありませんよ。あったら、大変じゃありませんか？」

「そうでしょうね。もし、そんなものがあることが分かったら、F&Kファンドも、原子力委員会も、マスコミから、徹底的に叩《たた》かれますからね」

4

その後、二人は、撃たれた女性が、運ばれた病院に、回ってみた。

病院の前には、鹿児島県警のパトカーが二台、駐まっている。

一階の待合室に入っていくと、そこに、県警の島田警部がいた。

島田は、二人の顔を見ると、

「事件があった時、現場に、おられたそうですね？」

と、いう。

「被害者の名前は、分かりましたか？」

と、三田村が、いった。

島田が、彼女の名前を、教えてくれた。

名前は、中曽根《なかそね》恵《めぐみ》だという。

「もともと、沖縄《おきなわ》の女性ですが、母親と一緒に、この鹿児島に来て、沖縄の物産を、販売する店をやっていました」

島田警部が、説明してくれた。

「彼女は、今回の反対運動に、参加していましたか？」

三田村が、きいた。

「彼女ならやるでしょうね」

と、島田が、いう。

「どうしてですか？」

「土地の問題に絡《から》んで、彼女の母親が、亡くなっていますから」

と、島田が、いった。

「亡くなった？　どうしてですか？」

「彼女の母親は、今もいったように、鹿児島市内で、沖縄の物産を売る店を出して、それなりに、成功を収めていたんですよ。それで、六十歳を過ぎたら、開聞岳の近くに、小さな家を作って、花を栽培して、静かに暮らしたい。そう考えていたらしく、現地に、五百坪ほどの土地を、買っておいたのだそうです。ところが、今回、F&Kファンドが、原子力委員会に、土地を売るのに、緩衝地帯を、必要としたわけですが、その緩衝地帯の中に、中曽根親子が買った、五百坪の土地が入っていたんですよ。当然、中曽根恵の母親は、反対しました。六十歳を過ぎたら、親子で住もうと思って買った土地ですからね。ある日、中曽根親子が、建てていた家が、火事になりましてね。たまたま、その日、建設中の家を見に来ていた、中曽根恵の母親が、何とか火を消そうとして、家の中に、飛び込んでいって、煙に巻かれて、死んでしまったのです」

「放火ですか？」

「放火です。消防も、そう断定しましたが、犯人は、今も、見つかっていません。F&Kファンドが、関係しているのではないかという、ウワサもありましたが、結局、立ち消えになりました。娘の中曽根恵は、F&Kファンドが、放火したに違いないと考えて、当時、鹿児島市内にあった、今でもありますが、F&Kファンドの九州支店に、出かけていって、支店長に、抗議をしたんです」

「当時、支店長を名乗っていたのは、原口修一郎ですか？」

「私は、その事件の担当じゃないので、はっきり分かりませんが、そんな名前でした。もちろん、F&Kファンドが、そんな話を、認めるはずはありません。しかし、中曽根恵という女性は、激しい気性だったので、知らないという支店長に、殴《なぐ》りかかっていきましてね。ケガを負わせたので、警察が、彼女を逮捕しました。傷害容疑です。そんなこともあって、問題の五百坪の土地が、F&Kファンドに、買収されてしまったのです。売ったのは、中曽根恵の親戚の人間でした」

「彼女は、傷害容疑で、逮捕されたと、いわれましたね？　しかし、今、話をお聞きした限りでは、そんなことで、彼女を逮捕する必要は、なかったんじゃありませんか？」

と、三田村が、いった。

「殴られて、ケガをしたということで、被害者の支店長が、中曽根恵を、訴えたんですよ。そうなると、加害者を逮捕して、事情をきかなければなりません」

「なぜ、F&Kファンドの支店長は、中曽根恵を訴えたんでしょう？　どうして穏便《おんびん》に済まそうと、しなかったんでしょうか？」

今度は、北条早苗が、きいた。

「F&Kファンドの考えは、こういうことだったと思いますよ。中曽根恵の母親が亡くなったので、五百坪の土地の所有者は、娘の中曽根恵になった。こうなったら、彼女は、F&Kファンドには、絶対に、土地を売らないだろう。それを売らせるようにするには、中曽根恵を勾留《こうりゅう》させ、そのどさくさに乗ずれば、F&Kファンドが、問題の土地を手に入れるチャンスが大きくなる。たぶん、そんなふうに、考えたのでしょうね。この結果は、F&Kファンドとしては、大成功だったんじゃないですか？

計画どおりになりましたから」

と、島田警部が、いった。それを受けて、

「君のいう通りだった」

と、三田村が、北条早苗刑事に、いった。

「彼女を逮捕したのは、県警本部の刑事だと知らされた。俺も、同じ刑事だからね。君のいうように、彼女から見れば、県警本部の刑事も、警視庁の刑事の俺も、憎むべき、F&Kファンドの仲間に見えるんだろうね」

「でも、彼女は、あなたを、助けてくれたんでしょう？」

前の時とは逆に、早苗が、慰《なぐさ》めるように、三田村に、いった。三田村が、黙って
いると、
「これから、やることで、彼女が喜ぶのは、坂本明を、逮捕することだと思うわ」
早苗が、つけ加えた。
「それならいいんだが」
「私は、ほかにはないと思う。一刻も早く、坂本明を見つけ出して、逮捕しましょう
よ」
早苗が、いってくれた。
「しかし、坂本明は、いったい、どこにいるんだろうか？」
「レンタカーから、中曽根恵を、撃ったのは、間違いなく、坂本明なの？」
「俺は、間違いなく、坂本明だと思っている。あの時、レンタカーの中にいたのは、
間違いなく、男だったし、サングラスを、かけていた」
「坂本明だという、決定的な証拠は、ないんでしょう？」
「仲間の北川真由美が、レンタカーを借りているんだ。坂本は、そのレンタカーを使
ったと、俺は、思っている。ただ、残念ながら、奴がどこにいるのかが、分からな
い。まだ、この九州に、いるんだろうか？　それとも、すでに、九州から逃げ出して

しまったのだろうか？」

「私は、坂本明は、今も九州にいると思う」

と、早苗が、いった。

「どうして、そう、思うんだ？」

「一年前、坂本明は、あなたを撃った。その時は、間違いなく、九州にいたんだけど、その後、九州から、逃げたと思っていた。でも、違ってた。九州にいたのよ。何のために、九州に残っていたのか。F&Kファンドは、原子力委員会に、土地を売却したあと、プラスアルファのサービスを提供していた。その役を、坂本明が、引き受けていたと思うの」

「だから、最終処分場の建設に、反対していた、鹿児島県の知事をケガさせて、病院に送った。それを、坂本明が、引き受けたということか」

「同感。プラスアルファのサービスに、F&Kファンドは、坂本明を、使っているのよ。知事のケガが、いい証拠ね。これからだって、反対運動は起きてくる。その時に、F&Kファンドは、原子力委員会に対して、また、坂本明を使って、プラスアルファのサービスをやるだろうと、思っているの。だから、次の事件も、この九州で起きると思うのよ」

「なるほど。そう考えれば、話の辻褄《つじつま》が、合ってくる。しかし、F&Kファンドは、次に、どこで、問題が起こると、思っているんだろう？　それに備《そな》えて、坂本明を、九州に、置いているんだろうからね」

「中曽根恵と同じように、熱心に反対運動をしている人間、それも、ただの反対運動ではなくて、先鋭化した運動ね。中曽根恵についていえば、母親のこともあって、彼女の反対は、ただの反対ではなくて、執念みたいなものだと思う。だから、F&Kファンドも、彼女の扱いに、困って、坂本明を、使ったんだと思うわ。だから、第二の中曽根恵が、現われれば、坂本明が、また現われるはずよ」

と、早苗が、いった。

5

二人は、いったん、鹿児島市内のホテルに、チェックインした。

夕食を、ホテルで食べたあと、三田村は、東京の十津川に、電話をした。

「こちらで、女性が一人、撃たれました。弾は、左足に命中していますが、命に、別状はありません」

「その事件なら、ニュースで見た。犯人は、誰だと、思っているんだ？」

「間違いなく、坂本明だと、思っています。県警では、弾丸を、摘出して、一年前に、私が撃たれた時の銃弾と、照合するそうです」

「それで？」

「九州に留《とど》まって、犯人の坂本明を見つけ出し、逮捕したいと、思っています」

「確認するが、犯人は、間違いなく、坂本明なんだな？」

「可能性は高いと思います」

「坂本明は、すでに、九州から逃げてしまって、そこには、いないんじゃないのか？」

「その点ですが、北条刑事が、坂本明は、間違いなく、今も、九州にいるといっています」

三田村は、北条早苗が、自分にいったことを、そのまま、十津川に、伝えた。

「そういう理由で、北条刑事は、坂本明が、九州に、留まっていると、いうんですが、私も、北条刑事のいう通りだと思います。坂本明は、まだ、九州に、いるはずです」

「それで、しばらく、九州にいたいというわけか？」

「はい。自分の手で、坂本明を、逮捕したいのです」

「分かった。君に任せよう。しかし、期限は一週間だ」

十津川は、続けて、

「君と北条刑事は、あと一週間、九州に、留まって、坂本明を探し、逮捕しろ。ただし、一週間経っても、逮捕することができない時は、東京に戻ってくるんだ。分かったな？」

6

翌日、東京から、西本《にしもと》刑事がやって来た。

西本は、三田村と北条刑事の二人に会うと、

「十津川警部が、君たち二人のことを、心配して、俺をよこしたんだ」

と、いい、続けて、

「警部が、心配して、これを持っていけと、いった」

と、いって、差し出したのは、三田村と北条早苗の、拳銃だった。

「坂本明は、今も、拳銃を所持しているはずだ。そう考えれば、これが、必要になる

に決まっている」

と、西本が、いった。

それだけ伝えると、西本は、あとを二人に委《まか》せて、東京に帰っていった。

三田村は、拳銃を、背広のポケットにしまいながら、

「さて、これから、どこを、探したらいいんだ？」

「あなたは、どこにいると、思っているの？」

「いちばん最初に、考えつくのは、昨日行った、鹿児島市内の、F&Kファンドの九州支店なんだが」

「いえ、そこには、いないと思うわ」

「どうしてだ？」

「昨日、中曽根恵を撃ったのは、坂本明だった可能性が、高いわけでしょう？ 当然、県警は、F&Kファンドの九州支店を、監視する。坂本明だって、そう考えて、あそこには、絶対に、現われない。F&Kファンドのほうも、坂本明に対して、ここには来るなと、いっているはずだわ」

と、早苗が、いう。

「それはそうだな。と、いって、九州全体を、見張っているわけにも、いかないだろ

う？」

「だから、辛抱《しんぼう》強く、待つのよ」

「辛抱強く待つって、いったい、何を、待つんだ？」

「昨日、いったじゃないの。次に、狙われるとしたら、彼女のように、しつこく反対運動をしている人だろうと。だから、そういう人物が現われるのを、辛抱強く、待つのよ。中曽根恵のように、強い執念を持って、反対運動をしている人じゃないと、殺して、口を封じようとは思わないだろうし、坂本明に命じて、狙わせることはしないはずだから」

と、確信を持って、早苗が、いった。

「分かった」

と、三田村は、うなずいたが、いつまで待てば、そんな人間が現われるのか？

十津川は、あと一週間と、いった。正確にいえば、あと、六日間ということになる。その間に、二人が待つ人間が、現われなければ、大人しく、東京に帰るより、仕方がないのだ。

その日の午後になって、県警の、島田警部から、連絡があった。

中曽根恵の左足に、命中した弾丸を取り出して、一年前に、三田村が、撃たれた時の弾丸と照合した結果、同じ拳銃から、撃たれたものであることが、判明したというのである。

これで、中曽根恵を、撃った犯人は、坂本明に、決まったと、三田村は、確信した。

原子力委員会に対する、反対運動は、連日起きていた。

ただ、今のところ、群衆としての反対運動で、その場に、目立つ人間は、発見できなかった。その上、人数も百人単位では、原子力委員会も、F＆Kファンドも、怖いとは思わないだろう。

二日目、三日目となっても、大勢《たいせい》は、変わらなかった。それどころか、反対運動の参加者も、少しずつ、減っていった。

五日目、小さな反対運動が、テレビで、報道された。人数は、二百人という。

F＆Kファンド九州支店が入っている、雑居ビルの前を、プラカードを掲げて、二百人の参加者が、通っていった。ただ、それだけである。

そのニュース報道の後、北条刑事が、

「事件、起きたわよ！」

と、飛びこんできた。

「でも、人数は、たった二百人。それも、大人しく、行進していただけじゃないか？」

と、三田村が、いった。

「その二百人の中に、一人、変な人間が、入っているのよ」

「変な人間？」

「F&Kファンド日本支社長の、元秘書だった男。その男が、二百人の中に入っているのよ。その男なら、F&Kファンドの、何か、秘密を握っている可能性がある。記者たちは、その男にだけ、マイクを向けてるわ」

と、早苗が、続ける。

「君が見つけたのは、いったい、どんな男なんだ？」

まだ、半信半疑といった感じで、三田村が、きいた。

「名前は、太刀川《たちかわ》勇《いさむ》、三十八歳。これが、その男の写真」

早苗は、一枚の男の写真を、三田村に、見せた。

「どうして、君が、この男のことを、知ってるんだ？」

三田村が、きくと、早苗は、笑って、

「前もって、調べておいたのよ。どんな人間が、この九州で、反対運動をしてるか、変わった人間がいないかを、調べていたら、この太刀川勇という男にぶつかった。今日のテレビを、見てたら、その男が、反対運動の中に、入っていたのよ」

「しかし、太刀川勇は、F&Kファンドの日本支社長の、元秘書なんだろう？　どうして、そんな男が、反対運動に、加わっているんだ？」

「理由は、私だって、分からないわ。でも、よほどのことが、あったんじゃないかと思うの。F&Kファンドにしてみれば、こんな男に、反対運動をされたら、困ると思うの。F&Kファンドの秘密を、いろいろと、知っている可能性があるから」

と、早苗が、いった。

「住所は、鹿児島市内だったね？」

「そう。行きましょう」

と、早苗が、立ち上がった。

第六章　入り乱れて

1

三田村と北条早苗は、テレビの、国会中継を見ていた。

いわゆる原発のゴミを処理する、最終処分場の候補地が、決まったことを受けて、総理大臣は、にこやかな表情で、こう発表した。

「日本の場合、原発反対理由の半分は、原発の廃棄物の最終処分場が、決まっていないということにあります。いや、ありましたというべきでしょう。その最終処分場の予定地が、このたび、やっと、決定いたしました。早速、原子力委員会が、最終処分場の予定地に行き、処分施設の設計を、する手はずになっています。今後も、原発の是非《ぜひ》については、いろいろと、意見が戦わされることと思いますが、反対の理由の半分が、これでなくなったことになり、ほっとしております」

この総理大臣の発言を聞いて、すかさず、野党の委員が、質問を、くり出した。

「原発の問題について、昨日まで、総理は、非常に、深刻な表情で、答弁されていらっしゃいました。それが、廃棄物の最終処分場の建設予定地が確保された途端に、満面の笑顔になっている。しかし、これは少しばかり、おかしいのではありませんか？たとえ、最終処分場の建設が、決まったとしても、それはそのまま、国民全体が、原発に賛成したということと、イコールにはなりませんよ。原発の安全性と、いわゆる、原発のゴミの最終処分場が決まったこととは、何の関連性もないことでしょう？そうじゃありませんか？」

総理が、慌《あわ》てて弁明した。

「私が、原発問題について、深刻さを忘れて、浮かれているのではないかという、ご指摘と思いますが、そんなことは、全くありません。今でも、真剣に考えております。ただ、今申し上げたように、原発問題の難しさというのは、その五十パーセントが、原発のゴミの、最終処分場を、どこに置くかが、決まっていなかったことにあったわけです。ですから、少なくとも、そのことだけは、解決したことを、ご報告させていただいたまでで、これによって原発が、百パーセント安全になったとは、全く考えておりません。原発の難しさ、特に、これからの原発問題については、深刻に受け止めて、それに対しても、全力を尽くすことは、もちろんであります。ただ、これで、日本の原発行政が、やっと、世界に通用するようになったこと。これは、紛《まぎ》れもない事実でございますので、私は、ホッとしております」

と、総理大臣が、いった。

2

テレビを消してから、北条早苗が、三田村に向かって、

「あなたの、原発問題に関する意見というのは、どういうものなの?」

と、きいた。

「俺には、意見はない」

「どうして?」

「決まっているじゃないか。賛成、反対のどちらかに、肩入れすると、捜査に支障をきたすからだ」

「でも、今は、どちらかに、少しは、傾いているんでしょう?」

早苗が、意地悪く、きく。

「今、あなたは、坂本明に撃たれて入院した、中曽根恵のことを、心配している。だから、あなたの頭の中の針は、少しばかり、原発反対に動いているんじゃないの？」

「そんなことはない」

「そうだとしても、私は、別に悪いことだとは、思わないわよ」

「そんなことはない」

自分にいい聞かせるようにいってから、三田村は、立ち上がった。

「出かけよう。これから、太刀川勇を探しに行く」

「太刀川勇の住所なら、調べておいたわ。鹿児島市内のマンションが、住居になっているわ」

と、早苗が、いった。

二人は、レンタカーで、ホテルを、出発した。

運転は、三田村が担当し、助手席の早苗が、

「太刀川勇が、F&Kファンドへの、反対運動のデモに、参加しているからといっても、彼が本当に、F&Kファンドのやり方に、反対しているのかどうかは、分からないわよ。わざと、反対運動に参加して、スパイ行為を、働いていたのかもしれないも

の」

「そんなことは、いわれなくても、分かってるさ。だが、太刀川勇が、本当にF&Kファンドのやり方に反対して、会社を辞め、反対運動に、参加していたら、どうする？　太刀川勇から、何か、捜査に役立ちそうなことが、聞ける気もしているんだ」

と、三田村が、いった。

現在、JRの、九州新幹線の終着駅は、鹿児島中央駅になっているが、古い鹿児島駅もある。その駅の近くにある、古いマンションの四階に、太刀川勇の部屋があった。

エレベーターで四階に上がり、四〇五号室のベルを押す。

ドアが開いて、顔を出した中年の男に、二人の刑事が、警察手帳を見せた。

男は、太刀川勇本人だった。

一瞬、太刀川は、こわばった表情になったが、それでも、二人を、部屋の中に招《しよう》じ入れた。

まず、三田村が、話しかけた。

「あなたが、以前、F&Kファンドの日本支社長、原口修一郎さんの、秘書をやっていたことを、われわれは、すでに、確認しています。そのあなたが、先日、テレビを見ていたら、反対運動のデモの中に、いらっしゃった。太刀川さんは、どうして、反対運動に、参加されたんですか？」

「それを、自分で説明するのは、難しいのですが、簡単にいえば、F&Kファンドの仕事に、疑問を持つようになって、あの会社の仕事をやるのが、嫌になった。それで、反対運動のデモにも、参加した。そういうことですよ」

「しかし、F&Kファンドは、南九州の広大な土地を、原子力委員会に、売却できたので、大儲《おおもう》けが、できたんじゃありませんか？　おそらく、あなたにも、かなりの額のボーナスが出たはずですよ。それなのに、どうして、嫌気が、さしたんですか？　その点が、理解できないので、説明していただけませんか？」

三田村が、意地悪く質問すると、太刀川は、笑って、

「ボーナスは、もうもらえませんが、かなりたくさん出るでしょうね。でも、そうした、会社のやり方というか、成功が、かえって、嫌になってきたんですよ。それが本音《ほんね》です」

「なるほど。それでも、どうしてですかと、きかざるを、得ませんね。会社が儲かってボーナスが出れば、大喜びなんじゃありませんか？　普通なら、そんな会社を辞めようなんて、考えないと、思うんですがね」

「しかし、F&Kファンドという会社が、儲かると、なぜか、会社にかかわった人々が、不幸になるんです。最近になって、そんなことが多くなりました。これは、どこか間違っている。そんな気に、なりましてね。今まではずっと、会社のためを考えて、一生懸命、仕事をやってきましたが、反対すると、何か、今まで、見えなかった事実が見えてくるんじゃないか？　そんな気がしているんです」

「反対運動をしていた、若い女性が撃たれて、病院に担《かつ》ぎ込まれたのですが、太刀川さんは、そのことも、もちろん、ご存じですね？」

と、早苗が、口を挟《はさ》んだ。

「ええ、もちろん、知っています」

「被害者の名前をご存じですか？」

「知っています。中曽根恵さんですよね？　テレビで、いっていましたから。沖縄の人だということも、知っています。でも、直接お会いしたことはありません」

「太刀川さんは、以前、F&K日本支社長の秘書を、やっておられた。確認しますが、原口修一郎さんの、秘書をやっておられたということですね？」

「そうです」

「原口さんとは、何年、一緒に働いておられたんですか？」

「五年あまりです」

「原口支社長が、千原玲子という女優と、付き合っていたことは、知っていましたか？」

三田村が、きくと、太刀川は、また笑って、

「付き合っているのは、知ってはいましたが、私は、そういう、プライベートなことについては、なるべく、深入りをしないようにしていましたから、具体的に、二人が、どんな付き合いをしていたのかは、よく、知らないんですよ」

三田村は、その、太刀川の言葉に、ウソを感じた。

日本支社長の原口は、ただ単に、千原玲子のことが好きで、付き合っていたわけではないからである。原口は、千原玲子の広い人間関係を、利用しようとして、付き合っていたことは、はっきりしている。そのことを、原口の秘書だった太刀川が、知らないはずはないのである。

「坂本明という男を、ご存じのはずです。原口支社長が、自分が付き合っていた、千原玲子のマネージャーに推薦《すいせん》した。原口支社長は、坂本明を、マネージャーとして押しつけて、千原玲子の行動を、監視させた。そのことは、もちろん、秘書だったあなたも、ご存じのはずです」

決めつけるように、三田村が、いった。

今度は、太刀川は、笑わなかった。

「その話は、聞いていますが、詳《くわ》しいことは分かりません」

と、惚《とぼ》けた。

「実は、私も、九州で、坂本明から、狙撃《そげき》されましてね。もう少しで、命を落とすところでした」

三田村が、続けていうと、太刀川は、今度は、黙ってしまった。

そのまま、しばらく黙っているので、三田村は、考えた。

今まで、三田村は、坂本明という狂犬を、千原玲子に、押しつけたのは、原口修一郎だと、思っていた。

しかし、違うかもしれないと、三田村は、思い始めた。

目の前の太刀川勇は、ここに来て、F&Kファンドのやり方が、嫌になって、退職し、反対運動のデモに、参加したといっている。

しかし、太刀川は、五年あまり、F&Kファンドの日本支社長、原口の下で、働いていた男なのである。そういう男が、簡単に会社を辞め、その上、反対運動に、参加するとは、考えにくい。

とすると、何か別の、もっと強い目的が、あったのではないかと、三田村は、考えた。

それは、坂本明のこととしか、考えられない。

何しろ、坂本明は、東京で、千原玲子を殺し、九州では、三田村を狙撃し、今回、反対運動をしている、中曽根恵を撃って、負傷させているのだ。

もちろん、この事実に、太刀川は、衝撃を受けただろう。

しかし、ただ、それだけで、今まで働いていたF＆Kファンドに対して、突然、反対運動をしたりは、しないだろう。

三田村は、じっと太刀川の顔を見つめた。

「あなたは、坂本明のことを、前から、知っていたんじゃありませんか？　われわれは、東京で千原玲子が殺された時、犯人は、坂本明と、断定しました。それに、坂本明を見つけ出してきて、千原玲子に押しつけたのは、原口修一郎だとばかり、思っていたんです。しかし、本当は、違うんじゃありませんか？　真相は、原口修一郎から頼まれて、秘書のあなたが、坂本明という男を見つけ出して、千原玲子に、押しつけた。違いますか？　だから、あなたは、千原玲子殺しを知って、ショックを、受けた。その坂本明は、今回、中曽根恵を、撃ちました。あなたは、自分が、撃ったような気がしたんじゃありませんか？　だからこそ、反対運動のデモに、参加した。違いますか？」

太刀川は、声を出さなかったが、今度は、黙ってうなずいている。

「あなたが、どこで見つけたのかは、知りませんが、坂本明は、いわば狂犬といってもいいような男ですよ。すでに、一人殺し、二人を負傷させています。必ず、次に誰かを殺そうとするだろうと、私は、考えています」

「もう一人？　まさか、私じゃないでしょうね？」

太刀川が、冗談めかして、いう。

「大丈夫ですよ。あなたではありませんから、安心してください」

と、三田村は、笑ってから、

「たぶん、次のターゲットは、片桐という二十二歳のトラック運転手です。この男は、Ｆ＆Ｋファンドのやり方に反対した、鹿児島県知事の車に、わざとトラックをぶつけ、知事を負傷させています。知事は入院し、その間、石井という副知事が、代行をしていますが、この副知事は、Ｆ＆Ｋファンドのやり方に、賛成しているんです。われわれは今、片桐運転手の行方を、探しているんですが、今のところ、まだ、見つかっていません。こうなってくると、連中は、間違いなく、片桐運転手の口を、封じようとするでしょう。誰が、それをやるのかといえば、坂本明しか、考えられないのですよ。今日中に、あるいは、明日にでも、片桐運転手は、殺される可能性があります。ひょっとして、太刀川さんは、今、坂本明がどこにいるのか、ご存じなんじゃありませんか？」

「いや、残念ながら、まったく、知らないのですよ」

と、太刀川が、いった。

その時、北条早苗が、三田村に向かって、小声でいった。

「太刀川さんも、お疲れのご様子だから、ひとまず、お暇《いとま》しましょうよ」

3

三田村は、早苗に、誘われるままに、部屋を出ると、エレベーターで、下まで、降りていった。

マンションの前に駐《と》めておいた、車のところに戻る。

「なぜ、もう帰ろうなんていったんだ？　俺には、あの太刀川に、ききたいことが、まだまだあったんだ」

三田村が、文句をいった。

「あなたが知りたいのは、坂本明の、現在の居場所でしょう？」

「もちろん、そうだ」

「でも、あの太刀川という男に、いくらきいても、坂本明の居場所は、絶対に、教えないと思うわ」

「どうしてだ？　あの男は、Ｆ＆Ｋファンドのやり方に、腹を立てて、反対運動をしているくらいだ。それなら、坂本明の居場所を、知っていれば、教えてくれるんじゃないのか？」

「私は、そうは、思わないわ」

「だから、どうして？」

「さっき部屋に入った時、中の様子を、じっくりと見たのよ。太刀川のものではないと、思われるものが、いくつかあった。少なくとも、二つはあったわ」

「そんなものがあったのか？」

「あったわ」

「何があったんだ？」

「ギブソンのギターとサーフボード。どちらも、太刀川には、似合わない。だから、ほかの若い男が、あの部屋には、来ているはずだわ」

「その若い男が、坂本明だというのか？」

「そういうこと。坂本明は、殺人容疑、殺人未遂容疑などで、警察に、追われているわ。その坂本明が、今、いちばん安心できるところは、あの部屋なんじゃないかと思うの。何しろ、部屋の主の太刀川は、F&Kファンドを辞めて、反対運動のデモに、加わっている。まさか、そんな男の部屋に、坂本明は、いないだろうと、誰もが、思うわ。だから逆に、いちばん安心できると、考えているんじゃないかしら？　私は間違いなく、あの部屋に、坂本明は、匿《かくま》われていると、思っているの。もし、この推理が当たっていれば、あなたが、いくら、坂本明のことをきいても、太刀川は、居場所なんか、絶対に、教えるはずはないわ」

と、北条早苗が、いった。

4

「間違いないのか？」

三田村は、半信半疑の顔だ。

「間違いないと思う」

「しかし、ギターと、サーフボードだけじゃ、ほかの男が、あの部屋にいるとしても、それが、坂本明だとは、証明できないんじゃないのか？　一見、似合わないように、見えたって、太刀川がギターを弾いたり、サーフィンをしているのかも、しれないじゃないか？　中年男だって、サーフィンが趣味という人間は、いるはずだ」

　と、三田村が、いった。

「それに、もう一つ、証拠らしいものがあったの」

　と、早苗が、いった。

「何があった？」

「玄関に、靴が何足か、置いてあったでしょう？　革靴《かわぐつ》は、たぶん、太刀川のものだと思うんだけど、一緒にあった白いスニーカー。あれは、絶対に太刀川のものじゃない。違うわ」

「しかしね、太刀川が、健康のために、毎日、ジョギングをしていて、その時に履いているシューズかも、しれないじゃないか？」

「それは違うわ」

「どうして？」

「靴の大きさが違うわ。二足の革靴は、私が見る限り、せいぜい、二十五センチといったところだった。男性としては、小さなサイズよ。それに比《くら》べて、スニーカーのほうは、明らかに、それよりも、大きかったわ。おそらく、最低でも、二十七センチはあったでしょうね。だから、あの部屋には、二人の男が、住んでいるのよ」

と、早苗が、いった。

三田村は、鹿児島県警の島田警部に、電話をかけた。

「今、鹿児島駅近くのマンションのそばにいるのですが、そのマンションの、四階の住人、太刀川勇の部屋に、問題の坂本明が、匿われているらしい証拠を、発見しました。今、坂本明は、部屋にはおりませんが、夜になれば、帰ってくると思われるのです。われわれとしては、何とかして、坂本明を逮捕したい。ですから、ぜひとも、協力していただきたいのです」

「そのマンションに、坂本明が、匿われているというのですね？　間違いありませんか？」

「ええ、十中八九、間違いないと、思っています」

「すぐ、ウチの刑事たちを、そちらに行かせます。私が指揮して、そちらに、行きますよ」

と、島田が、いってくれた。

十五、六分して、現場に、二台の覆面《ふくめん》パトカーが、到着した。

車から降りてきたのは、島田警部のほか、部下の刑事たち、五人である。

二台の覆面パトカーは、すぐに、駐車場に隠し、県警の刑事六人と、三田村、そして、北条早苗の二人が、加わった八人で、問題のマンションの中と外を、監視することになった。

少しずつ、周囲が、暗くなっていく。

そんな時、坂本明と思われる若い男が、新幹線の京都《きようと》駅で、目撃されたという情報が、島田警部の携帯に、かかってきた。

「この情報ですが、お二人は、どう思いますか？」

島田が、三田村と、北条早苗に、きく。

「おそらく、誤報だと、思いますね。坂本明が、今、京都にいるはずは、ありません。間違いなく、九州に残っているはずです」

三田村が、躊躇《ちゆうちよ》なく、答えた。

「それは、どうしてですか？」

「坂本明には、九州でもう一つ、どうしてもやらなければならない仕事があると、思っているからです」

三田村は、わざと車をぶつけて、鹿児島県知事を負傷させ、一時的に、知事代行となった副知事が、F&Kファンドに、賛成する声明を出したことを、話した。

「県知事を負傷させたのは、片桐という、二十二歳のトラック運転手ですが、この片桐と、坂本明が、繋《つな》がっていることが、分かったんですよ。坂本明は、片桐運転手を見張っていて、もし、片桐が、警察に行って、本当のことを、話そうとしたら、口をふさぐことに、なっていると、私は、考えているのです。その前に、坂本明が、九州から、いなくなるということは、絶対に、あり得ません」

三田村は、強い口調で、いった。

しかし、正直いって、目の前のマンションに、本当に、坂本明が、帰ってくるかどうか、分かっていないのである。そこまでの自信はない。

午後の八時をすぎ、九時を回っても、坂本明は、現われない。

こうなると、我慢比べである。ただ、今のところ、坂本明が行くところは、この、太刀川の自宅マンション以外には、考えられないので、三田村や県警の刑事たちは、息を潜《ひそ》めて、じっと、待つしかなかった。

午前〇時をすぎて、すでに、日付が変わった午前一時五分、一台のタクシーが、マンションの前に、停まった。

降りてきたのは、背の高い若い男だった。サングラスをかけ、口ひげを生やしているので、坂本明かどうか、分からなかった。

三田村は、その歩き方から、坂本明だと、断定した。

県警の島田警部に、合図を送る。

島田警部が、マンションの中に潜んでいる刑事に、連絡をした。

途端に、マンションの中から、銃声が聞こえた。

一瞬の沈黙があって、島田警部の携帯が鳴った。

「救急車を、お願いします」

若い刑事が、大声で、いう。

「誰が負傷したんだ？」

「二人です。ウチの刑事が一人と、もう一人は、坂本明です」

「どんな具合なんだ？」

「二人とも、拳銃で撃たれて、出血していますが、急所は、外れているので、命に別状はありません」

と、相手が、いった。

すぐ、救急車が呼ばれた。

二台の救急車が来た。

県警の若い刑事が、左腕を坂本明に撃たれて負傷し、坂本明は、右足を撃たれていた。

その二人が、二台の救急車で病院に運ばれていった。

5

その後、三田村と北条早苗の二人は、太刀川を、犯人の坂本明を匿った容疑で、緊急逮捕した。

二人は、鹿児島警察署で、太刀川を尋問《じんもん》した。

三田村と北条早苗の質問に、今日の昼間は、否定を続けていた太刀川だが、今は、坂本明に脅《おど》されて、仕方なく、彼を、自分の部屋に匿ったのだと、供述した。

「しかし、脅されたといっても、一日中、坂本明は、あなたのそばに、いたわけではないでしょう？　今日だって、数時間、坂本明は、あなたの部屋に、いなかったわけだし、坂本明が、どんな人間なのか、あなたには、よく、分かっていたはずですよ。

殺人一件と、殺人未遂二件を起こした、凶悪犯です。どうして、警察に通報しなかったんですか？　あなたのやったことは、ただ単に、殺人犯を、匿っただけじゃありません。いってみれば、あなた自身が、殺人を犯したのと、同じことですよ」

三田村は、厳《きび》しい口調で、太刀川に、いった。

「刑事さんのおっしゃる通りかもしれませんが、それでも、私は、F&Kファンドのやり方に抗議して、会社を辞め、反対運動のデモにも、加わっているんですよ。その点を、警察は、全く、考慮してくれないんですか？」

未練がましい口調で、太刀川が、いった。

その言葉に、北条早苗刑事が、小さく笑った。

「F&Kファンドを辞め、反対運動のデモに、参加したと、あなたは、いうが、それだって、坂本明を匿うための、偽装工作ではないのかと、われわれは、考えてしまいますがね」

と、三田村が、いった。

「それでは、私は、いったい、どうしたらいいんですか？」

と、太刀川が、きく。

「あなたは、坂本明という男を、前々から、知っていたと、考えています。その点は、どうなんですか？」

「たしかに、坂本明のことは、前から、知っていましたが」

「それで、原口修一郎から、頼まれて、あなたは、坂本明を紹介した。原口は、その紹介された坂本明を、千原玲子のマネージャーに、押しつけた。彼女を監視するためにね。その結果、坂本明は、千原玲子を、殺してしまったんです。この流れを見る限り、あなたが、千原玲子を殺したようなものですよ。少なくとも、あなたは、殺人の、共犯者なんだ」

と、三田村が、いった。

「あれは、上司の原口からいわれて、やむなくやったことで、千原玲子殺しには、私は、まったく関係していません。第一、原口からいわれなければ、私は、坂本明のような男を、紹介はしませんよ」

「あなたと、坂本明とは、どういう関係なのか、それを、話してくれませんか？」

と、三田村が、きいた。

「坂本明と知り合ったのは、私が、原口支社長の秘書をやっていた頃で、今から二年くらい前ですかね。私は、一人で、新宿《しんじゆく》の歌舞伎町《かぶきちよう》に、遊びに行って、飲んでフラフラ歩いていたら、ガラの悪い二人の男に、絡《から》まれてしまったんです。その時、突然、坂本明が、どこからか現われて、私を、助けてくれたんですよ。あの時、坂本明が現われていなかったら、たぶん、私は、二人の男に乱暴されて、ボコボコにされていたかも、しれません。そこで、あなたに、何かお礼をしたいと、彼にいったら、坂本が、私に、こんなことをいうんです。『あんたは、F&Kファンドの、人間じゃないのか？　そうなら、部長クラスの人間に、紹介してくれないか？　俺は、どんな危険な仕事でも、喜んでやるぞ』ってね。それで——」

「ちょっと、待ってください。坂本明は、どうして、あなたが、F&Kファンドの人間だと、知っていたんですか？」

「たぶん、私が、歌舞伎町の、小さなクラブで飲んでいた時、坂本も、たまたま同じ店にいたのではないかと、思うんです。私は、その店のママさんに、F&Kファンド日本支社長秘書という肩書の付いた名刺を、渡しました。坂本明は、その名刺を、見たんじゃないかと思いますね」

「その時、坂本明のことを、どういう人間だと、思ったんですか？」

と、北条早苗が、きいた。

「ちょっと、怖い男だなと、思いましたよ。何しろ、あの夜、歌舞伎町で、私に絡んできた若い男二人を、あっという間に、ぶっ飛ばしてしまいましたからね。その上、どんな危険な仕事でも、喜んでやるなんて、そんなことを、いってましたからね。正直いって、かなりヤバい男だろうと、思いましたよ。その後、二、三カ月した頃、原口支社長に、『少しばかり、危ない仕事があるのだが、それを、引き受けてくれる人間に、心当たりはないか？』ときかれて、すぐ坂本明のことを、思い出したんですよ」

「拳銃を手に入れて、それを使うような男とは、思わなかったんですか？」

三田村が、きいた。

「さすがに、そこまでは思いませんでした。ただ、危なっかしい男だとは、分かっていましたよ。でも、まさか、あっという間に、人を撃ったりする人間だとは、思ってもいませんでした。ですから、今になって、後悔しているんです。でも、坂本明を、本当に必要としたのは、私じゃなくて、Ｆ＆Ｋファンドという、会社なんですよ」

太刀川が、しきりに、いう。

「今、アメリカに行っている、原口修一郎は、まもなく、日本に帰ってくる。もちろん、知っていますよね？」

「ええ、知っています」

「われわれとしては、原口修一郎が帰国し次第、逮捕したいと、思っています」

「しかし、無理なんじゃ、ありませんか？」

「どうしてですか？」

「だって、殺人や、殺人未遂を犯したのは、坂本明で、原口修一郎じゃありませんからね。その原口を、逮捕するのは、難しいと思いますが」

と、太刀川が、いった。

「たしかに、今のままでは、原口修一郎を、逮捕するのは、難しいでしょうね。だからこそ、あなたの証言が必要なんです。われわれは、それを、調書にしておきたいと、思っているんです。原口修一郎は、女優の千原玲子を、自分の仕事のために、利用していた。しかし、それが、千原玲子の口からもれるのを恐れて、原口修一郎は、万一の時に、千原玲子の口封じができる人間を、紹介してほしいと、あなたに、いった。あなたは、新宿の歌舞伎町で、ガラの悪い男たちから、あなたを助けてくれた坂本明を、原口修一郎に紹介した。その時、あなたは、万一の時には、坂本明が、千原玲子の口をふさぐことは、承知していた。もちろん、日本支社長の、原口修一郎も、そのことは承知して、あなたに頼み、坂本明を、雇った。どうですか、違いますか？」

三田村は、それを調書にし、確認の署名《しょめい》と捺印《なついん》を、太刀川勇に要求した。

三田村は、ほかにも二通、書類を、作成させた。

片方は、南九州の西大山駅で、三田村が、坂本明に、至近距離から撃たれて、重傷を負ったことを書類にしたものである。

二通目は、F&Kファンドに対して、反対運動をしている、沖縄出身の女性、中曽根恵が、同じく、坂本明に狙撃されたことを書類にしたものである。

この二通にも、太刀川に、署名、捺印させた。あとから、坂本明にも、署名、捺印させるつもりである。

この作業が終わると、三田村は、すぐ、東京の十津川に、電話をかけ、坂本明と太刀川勇について、報告した。

「坂本明は、県警の刑事に、右足を撃たれ、命には、別状がありませんが、すぐには、尋問ができません。明日か、あるいは、明後日に、容体が安定したら、尋問をしたいと思っています」

と、三田村が、十津川に、告げた。

「F&Kファンドの原口の秘書だった、太刀川勇は、どうなんだ？」

十津川が、きいてくる。

「今、いろいろと、尋問しています」

「太刀川勇の証言は、信用できるのか？」

「太刀川は、F&Kファンドのやり方に疑問を持って、反対運動のデモに、参加しているかと思えば、坂本明を、自宅マンションに匿っていたこともあり、最初は、信用できませんでしたが、今は、観念しているので、信用していいと思います」

「しかし、太刀川は、原口修一郎の元秘書だから、現在、アメリカにいる原口とは、今でも、連絡を取り合っているんじゃないか？」

「私も、二人は、連絡を取り合っていたと、思っています。現在、坂本明と太刀川の二人が、逮捕されたので、原口修一郎は、急遽《きゆうきよ》、帰国するのではないかと、考えていますが」

と、三田村が、いった。

「同感だ。それに、注意しておかなければならないのは、F&Kファンド本社の動きだろう。何らかの手を打ってくるに違いないからな。本社のほうは、東京で対応するから、君と北条早苗刑事は、坂本明が、尋問に、耐えられるようになったら、直《ただ》ちに尋問して、その結果を、こちらに、知らせてくれ」

と、十津川が、いった。

6

東京で、十津川は、捜査本部長の三上に頼んで、ただちに、緊急の捜査会議を開いてもらった。

三上本部長は、会議を始めるに際して、こう話した。

「現在、事件は、東京ではなく、九州で激しく動いている。その動きは、大きく分けて二つある。一つは、F&Kファンドが、南九州で買い占めていた、広大な土地を、原子力委員会に、売却したことだ。このため、F&Kファンドは、莫大な利益を得て、一方、原子力委員会のほうは、課題だった原発のゴミを、最終的に処理する、処分場用地を手に入れて、原子力委員会も政府も、大いに喜んでいる。しかし、このことは、われわれ警察とは、何の、関係もない。もう一つは、ここに来て、何人もの人間が、負傷していることである。事件に絡んで、負傷したのは、男女合わせて四人だ。第一の被害者は、警視庁捜査一課の三田村刑事で、女優の千原玲子が東京で殺された事件の容疑者、坂本明を追って、北条刑事とともに、九州に行った時、南九州の西大山駅で、偶然、容疑者の坂本明と、遭遇して、その瞬間、いきなり、撃たれてしまった。幸い、その場にいた中曽根恵という女性が、すぐに、救急車を呼んでくれたので、三田村刑事は命を取り留《と》め、現在は退院して、相変わらず、坂本明を、追いかけ続けている。二人目は、今いった、中曽根恵という女性である。彼女は沖縄の生まれで、母親は、家に放火されて、焼死したが、中曽根恵は、放火したのは、Ｆ＆Ｋファンドの関係者に、違いないと思い、母親の仇《かたき》を、討つために、反対運動に力を入れていたが、今回、坂本明に撃たれ、救急車で、病院に運ばれている。命には別状がないが、かなりの、重傷らしい。三人目は、犯人の坂本明本人だ。坂本明は、警察の追及を逃れて、姿を消していたが、三田村刑事と北条早苗刑事の、聞き込みによって、太刀川勇という男の、鹿児島市内の、自宅マンションに匿われていることが分かった。鹿児島県警の刑事たちと協力して、身柄の確保に向かった際、抵抗したので、県警の刑事が、狙撃し、現在、入院中である。命には別状がないので、病状が安定次第、三田村刑事と北条刑事の二人が、尋問に当たることに、なっている。四人目は、鹿児島県警の刑事で、坂本明を逮捕する際、撃たれて負傷し、現在、治療のために、入院しているが、こちらも命に別状はないようだ」

　そのあと、三上は、続けて、

「それから、太刀川勇という男だが、この男は、元Ｆ＆Ｋファンドの日本支社長の秘書だったという男である。太刀川自身の証言によれば、F&Kファンドのやり方に対して、怒りを感じたので、退職し、反対運動のデモに、参加しているといっているが、自宅マンションに、坂本明を、匿っていたという事実がある。したがって、これまでの証言には、信用が、置けない。これが、現在の状況である。今後の捜査は、どうするのか？ それについては、捜査の指揮に当たっている十津川警部が、説明する」

と、いった。

7

三上本部長に代わって、十津川警部が、現状を、さらに、詳しく分析した。

「現在、F&Kファンドは、本部長が、いわれたように、今までに、買い占めておいた南九州の広大な土地を、原子力委員会に売却して、莫大な利益を得たと、思われている。その一方、東京で起きた殺人事件と、九州で起きた、殺人未遂事件、この全てに、坂本明という、二十八歳の男が関係している。このことは、まぎれもない事実だが、問題となってくるのは、犯人の坂本明と、F&Kファンドとの、関係である。われわれの、捜査の結果、犯人の坂本明は、Ｆ＆Ｋファンドの日本支社長、原口修一郎と、関係があり、原口が坂本明を使って、まず、女優の千原玲子を殺し、次には、三田村刑事や、反対運動をしていた、中曽根恵を狙撃し、重傷を負わせたと考えられているが、当然、Ｆ＆Ｋファンドは、否定するだろう。それを、どう突破するのかが、これからの問題である。問題の原口修一郎は、現在、アメリカに、滞在しているが、急遽、アメリカから、帰国することになったらしい。Ｆ＆Ｋファンドにしてみれば、坂本明が、警察に、尋問されて、殺人の理由や、Ｆ＆Ｋファンドからの指示で、やったとか、日本支社長の、原口修一郎の指示で、やったと告白すれば、買い占めた土地を、原子力委員会に売って儲けた、莫大な利益が、ゼロになってしまうことも、考えられる。Ｆ＆Ｋファンドは、何とかして、その危険を防ぐために、原口修一郎を急遽、日本に、呼び戻すことにしたのだろうと、容易に想像がつく。そこで、これからの捜査方針だが、現在、九州で、捜査に当たっている三田村刑事や北条刑事と協力して、日本に帰ってくる原口修一郎が、坂本明に、殺人の命令を与えたことを、何とかして、証明したいと考えている。会社ぐるみの殺人であることの証明だ」

十津川は、刑事たちの顔を見回して、

「Ｆ＆Ｋファンドは、全社をあげ、全て否定し、われわれに、証拠をつかませないようにしようと動くことは、はっきりしている。われわれは、彼らの動きを封じて、F&Kファンドの仕組んだ殺人事件であることを証明しなければならない。事件の捜査も、いよいよ、大詰めを迎えている。今まで以上に、しっかりと、やってもらいたい」

第七章　最後の戦い

1

鹿児島県警に留置された、坂本明の尋問が始まったが、最初から黙秘を続けていて、何もしゃべろうとしないという知らせが、東京の十津川のところに、報告されてきた。

十津川は、そのことを、別に、不思議とは思わなかった。

おそらく、坂本明は、警察の尋問に対して、黙秘を続けるだろうと、十津川は、最初から考えていた。坂本は実行犯で、殺人も傷害も犯していたからである。

自供すれば、間違いなく重い殺人罪で起訴されてしまう。坂本には、それが分かっているから、黙秘を続けているのだと、十津川は、思っていた。それに、黙秘を続けることで、F&Kファンドに、恩を売っていることもあるだろう。

十津川の真の狙いは、F&Kファンドの日本支社長、原口修一郎である。坂本明の一連の犯行は全て、原口修一郎の指示によるものと、十津川は、考えていた。

坂本明が逮捕された後、原口修一郎が、急遽《きゆうきよ》、アメリカから帰国することが、分かった。もちろん、原口の目的は、坂本明を守るためというより、F&Kファンドを守ることだろう。

原口修一郎は、成田《なりた》着午後三時五十分のアメリカン航空一六九便で、帰るというので、十津川は亀井と二人、成田空港に、迎えに、行くことにした。

今の段階では、原口修一郎を、逮捕はできない。原口が、坂本に命じて、殺人をやらせたという証拠はない。だから、原口修一郎に命じられてやったことだといわせる。それができれば、原口修一郎を逮捕することは、可能である。

しかし、今のところ、坂本明が、黙秘を止《や》めて、犯行の全てを、自供するとは、考えられなかった。

成田空港に、原口修一郎を迎えに行くのは、逮捕するためではなくて、いわば、原口を確認するためである。

十津川たちは、成田空港に午後三時に着いた。

予定通りに、アメリカン航空一六九便が成田に着くとすれば、あと五十分で、原口修一郎に、会うことになるが、飛行機の到着時刻は、列車ほど正確ではない。

案《あん》の定《じょう》、アメリカン航空一六九便は、定刻より三十分ほど遅れると、放送された。三十分遅れるとすると、成田到着は、午後四時二十分ということになる。

十津川たちは、空港内の喫茶店で、時間をつぶすことにした。二人が、喫茶店でコーヒーを飲んでいると、アメリカン航空一六九便は、午後四時二十分に到着するというアナウンスがあった。

一六九便はロサンゼルス発である。

アナウンス通り、午後四時二十分に、一六九便が到着し、乗客が次々に、到着ロビーに出てくる。

何人目かに、原口修一郎の顔があった。

二人が、原口に、声をかけようとすると、一瞬早く、原口に、話しかけた男がいる。六十歳ぐらいの、小柄な男である。

亀井が素早く、携帯で、その二人を、写真に撮った。

その後で、十津川が、声をかけると、小柄な男は、十津川には、目もくれず、原口

に向かって、

「駐車場で、待っていますから、ゆっくり来てください」

と、いって、離れていった。

十津川は、原口を、空港内の喫茶店に、連れていった。

「慌《あわ》てて、アメリカから、帰国されたという、感じですね」

十津川が、いうと、原口が、笑って、

「いや、別に、慌てて、帰ってきたわけじゃありませんよ。アメリカでの仕事が、終わったので、帰国したんです。当初の予定通りです」

「さっき、原口さんに、声をかけていたのは、どなたですか？」

亀井が、きいた。

「彼は、古くからの知り合いの、弁護士ですよ。私が帰国することを知って、迎えに来てくれていたんです」

「帰国早々、弁護士さんと、何の相談ですか？」

「いや、あの弁護士は、友人として、迎えに来てくれたんですよ」

「そうですか。私は、てっきり、九州で逮捕された坂本明の件で、相談するために、わざわざ空港に、あの弁護士さんを、呼んでいたのかと、思いましたよ」

「坂本明？　誰ですか？　私の知らない男だ」

と、原口が、惚《とぼ》ける。

「知らない男？　それは、おかしいですね。私が、聞いたところでは、原口さんの指示で、坂本明は、一年前に殺された、女優の千原玲子のマネージャーになったと、いうことでしたが、違うんですか？」

「何のことか、私には、さっぱり分かりませんね。千原玲子という女優さんは、知っていましたよ。もちろんファンとしてで、中年ですが、演技派の、なかなかきれいな人でしたね。好きな女優さんの一人でした。しかし、その坂本明とかいう男を、千原玲子さんの、マネージャーにしたという、刑事さんのお話は、何のことか、全く、分かりませんね。私は、F&Kファンドの日本支社長として、仕事に追われていて、ほかのことに、かまっている時間は、全くありませんでしたから」

と、原口は、いう。

今度は、十津川が、笑った。

「殺された千原玲子さんがはめていた、ピンクダイヤモンドの指輪ですが、値段は、一億二千万円、誰かからのプレゼントだったそうです。千原玲子さんは、それを、誰からもらったのか、いわないままに、死んでしまったのですが、このくらいの、ダイヤモンドの指輪になると、店のほうで、いつ、誰に、売ったのか、台帳に記録しておくもので、われわれが調べたところ、原口さん、あなたが、福岡で買った、ダイヤの指輪であることが、分かりました。つまり、あなたが、千原玲子さんに贈ったんですよ。ただし、あなたは、冷静なビジネスマンだから、ただ単に、千原玲子さんが好きで、贈ったとは思えません。千原玲子さんという人は不思議な女優で、美人で、色気があるというので、政界の要人や、財界の社長たちに、人気があった。そのコネを、利用しようとして、あなたは、千原玲子さんに近づいたに違いないと、われわれは、思っています。ですから、千原玲子さんを知らないとは、いわせませんよ」

「しかし、私は、彼女の死とは、関係ありませんよ」

「そんなことは、分かっています。誰も、あなたが直接、手を下したとは思っていませんよ。あなたの命令で、坂本明が殺した。そう、思っていますよ」

「その坂本明という男が、私に指示されて、女優の、千原玲子さんを殺したと、自供しているんですか？」

坂本が、黙秘しているということは、分かっていて、原口は、惚けているのだ。

十津川は、苦笑するより仕方がない。

「今はまだ、何も、自供していませんがね、そのうちに、全てを自供するかもしれませんよ」

と、十津川が、脅かした。

そこで、原口修一郎との話は、終わってしまった。

さっきの弁護士が、原口を、呼びに来たからである。

2

十津川はすぐ、九州にいる三田村と、北条早苗の、二人に、連絡をとった。

「原口修一郎が、今、帰国した。たぶん、そちらに行くはずだ。原口は、何とかして、坂本明の口を、封じようとするだろう。だから、鹿児島県警に、用心するようにいっておいてくれ」

「原口修一郎が、日本に帰ってきたという知らせは、すでに、鹿児島県警にも伝わっています」

と、三田村が、いった。

「早いな」

「鹿児島県警では、坂本明と、もう一人、太刀川勇という、原口修一郎の秘書をやっていた男を、逮捕しているんですが、太刀川勇が、釈放されました」

「太刀川勇は、何の容疑で、逮捕されていたんだ？」

「坂本明を匿っていた、犯人隠匿《いんとく》の容疑で、殺人の容疑では、ありません。鹿児島県警の話では、弁護士が、数人やって来て、保釈金を払ったので、仕方なく、太刀川を釈放したと、いっています。釈放された、太刀川勇は、原口修一郎と相談して、坂本明を、どうするか、それを、決めるんじゃありませんか？」

と、三田村が、いった。

急遽、帰国した原口は、前もって、太刀川勇の保釈を、指示していたのだろう。

殺人容疑で逮捕された坂本明のほうは、どんなに、保釈金を積んでも、保釈されることはない。それぐらいのことは、原口にも、分かっているはずだし、空港に来ていた弁護士からも、そのことは、聞いているはずである。

そうなると、原口修一郎は、いったい、どうやって、坂本明の口を、封じようとするのだろうか？

「今も、坂本明に対する尋問は、続いているのか？」

「依然として、黙秘を続けていますが、尋問は、行なっています。九州における坂本明の容疑は、私に対する、殺人未遂容疑と、同じく、中曽根恵という女性に対する、殺人未遂容疑です」

「東京でも、坂本明は、千原玲子を、殺した容疑があるから、当然、東京での尋問のために、坂本明の身柄を、こちらに護送して来るはずだな？」

「それは、鹿児島県警も考えていて、警視庁と、相談をして、いつ、どんな方法で、坂本明を、東京に護送するか、早急に決めたいといっています」

北条早苗刑事が、いった。

十津川は、原口たちの計画が、読めるような気がした。

坂本明には、あくまでも、黙秘を続けさせる。当然、東京での、尋問があるので、鹿児島県警から、警視庁に、身柄を、護送することになる。

原口は、その途中で、坂本明を奪還しようとするのか、あるいは、殺すのか、どちらかを、考えているに違いなかった。

その対応について、鹿児島県警の島田警部が、相談のために、上京してきた。

島田警部を迎え、十津川と本多《ほんだ》捜査一課長を加えた三人で、坂本明の護送方法を、検討した。

話し合いは緊迫した。

護送の途中で、坂本明が襲われる可能性が、あったからである。

十津川たちが、鹿児島に出向いて、尋問してもいいわけだが、その話は、全く、出なかった。

なぜなら、坂本明を、千原玲子殺害の容疑で、起訴した場合でも、裁判のためには、坂本明を、どうしても、東京に連れてこなければならないからである。

護送の方法は、四通り考えられた。

飛行機、船、列車、そして、自動車である。その一つ一つを、検討していった。

まず、船便である。

船便は、長距離フェリーを、利用することになるが、九州の門司《もじ》から東京行の船便は、週に一便だけしかない。それも、途中、徳島《とくしま》に寄るので、東京までは、三日間も、かかるのだ。

そのほかの、長距離フェリーは、大阪で乗り換《か》えなければならない。

あまりにも、時間がかかることから、船便は、すぐに否定された。

次は、自動車を使っての護送だが、これも、同じ理由で、キャンセルされた。

とにかく、時間がかかるし、狙われる危険性が、あまりにも高いからである。

残るのは、飛行機と列車である。

飛行機の場合、鹿児島から東京・羽田まで、毎日、直行便がある。飛行時間は、二時間弱、正確にいえば、一時間五十五分である。

ほかには、福岡―東京間の便があり、こちらのほうは、便数が多くて、一日五十便前後もある。

しかし、こちらの便では、坂本明を、福岡まで前もって、送っておかなければならない。したがって、飛行機を使うなら、鹿児島―東京間の直行便を、利用するほうが、危険は少ないだろう。

問題は、ほかの乗客のことである。一便の飛行機の座席数を、調べてみると、百五十席から二百七十席までさまざまである。もちろん、安全を考えれば、チャーター便にすればいいのだろうが、これは、金がかかりすぎる。

一人の容疑者を、東京まで運ぶのに、ジェット機のチャーター便を、用意することが、はたして、許されるのかどうか？

その点、列車の場合は、列車ごと占有しなくても、一車両だけ押さえれば済む。

それに、列車ならば、刑事たちが、自由に動ける。

飛行機の場合は、一度、飛び立ってしまえば、そう簡単に、地上に、戻ってくるわけにはいかない。

結局、護送には、列車が使われることになった。

列車を使って、坂本明を、鹿児島から東京まで、護送することに決まったが、その方法も、単純には、決まらなかった。

鹿児島中央駅から東京駅まで、新幹線が通っているので、当然、利用する列車は、新幹線になる。

列車を使う場合には、二つの方法が考えられた。鹿児島から博多までを九州新幹線、博多から東京までは山陽・東海道新幹線を使う。あるいは、鹿児島から新大阪まで九州新幹線を使い、新大阪から東京までは、東海道新幹線を使う。この二通りの方法である。

鹿児島から東京まで、直通の新幹線が、あればいいのだが、それはない。したがって、実際に、護送するとなると、どうしても、二本の列車を利用することになってしまう。

鹿児島中央駅から博多駅まで、九州新幹線が走っている。そして、博多駅から、東京駅までは、十六両編成の新幹線「のぞみ」が、走っている。

博多で乗り換えるというのが、いちばん単純な護送方法ということになる。

しかし、鹿児島から博多までの、九州新幹線は、現在、八両編成の「みずほ」と「さくら」だが、この両方とも、博多が終点ではなくて、そのまま、新大阪まで走っている。

つまり、九州新幹線ではなくて、正確にいえば、九州・山陽新幹線なのだ。

まず、鹿児島中央駅から八両編成の「みずほ」か、あるいは「さくら」に、坂本明を乗せる。その後は、博多で、降ろして、博多発の「のぞみ」に乗り換えてもいいし、新大阪まで乗っていって、新大阪で、東京行の「のぞみ」に、乗り換えてもいいわけである。

そのどちらが、より安全に、護送できるだろうか？

鹿児島中央発の、いちばん早い、九州新幹線は、午前七時に発車する「みずほ」である。この列車は、八時十七分に、博多に到着する。新大阪着は、午前十時四十四分である。

十津川は、鹿児島中央発の「みずほ」について、博多着の時刻表、そのまま、新大阪まで行った時の時刻表、さらに、博多発東京行の「のぞみ」の時刻表、そして、最後に、新大阪発東京行の「のぞみ」の時刻表を、見比べながら、考えをまとめていった。

第一の問題は、護送する坂本明を、博多で降ろして、乗り換えさせるのか、それとも、新大阪まで行ってから、東京行の「のぞみ」に乗り換えさせるのか、どちらにするかである。

第二の問題は、博多か新大阪で、坂本明の身柄を、移す時に、どの程度の危険があるかである。

新幹線から新幹線へ移すのに、必要な時間は、博多でも新大阪でも、同じく、五分である。

五分あれば、博多でも、新大阪でも、新幹線から新幹線へ、坂本明の身柄を移すことが、可能なのである。

逆にいえば、犯人にも、二つの駅で、坂本明を狙うチャンスが、五分あるということにもなってくるのだ。

新幹線の博多経由新大阪行には、二つのタイプがあって、名前は「みずほ」と「さくら」となっているが、いずれも、八両編成で、使われている車両は、七〇〇系である。

いちばん新しい、八〇〇系の車両ではないのだ。

新幹線「のぞみ」の編成は、十六両だから、九州新幹線は、その半分の、編成ということになる。博多で乗り換えるか、新大阪で乗り換えるかということは、八両編成の短い列車に、長く乗せるか、それとも、十六両編成の列車に、長く乗せるかということになる。

十津川は、鹿児島県警と協議して、相手をだますため、七月四日に、九州新幹線「さくら」で、終点の新大阪まで護送し、ここで、東京行の「のぞみ」に、乗り換えるという、架空の計画を、立案した。

それを、三上本部長に話し、この情報を、意図的に流すことにした。

さらに、この計画を本当らしく見せるために、上りの「さくら」の何号車かを、七月四日に、貸し切りにする。また、新大阪からは、「のぞみ」に坂本を移動させるので、その「のぞみ」の一車両を、七月四日に、貸し切ることを、JRに、要請しておいた。

実際に、坂本明を、護送するのは、この日ではなく、しかも、九州新幹線の「さくら」は使わない。その理由は、本数が少ないことと、八両編成と短いことである。

カモフラージュで、別便を利用すると流しても、このためにどれを使うかを、内密にしても、分かってしまう可能性が、高いし、八両編成では、犯人にとっては、狙いやすいだろう。

そこで、警視庁と鹿児島県警は、話し合って、九州内の移動には、九州新幹線は使わず、また、実際に、移送する日付も、七月四日ではなくて、その前日の七月三日とし、七月二日中には、坂本明の身柄を、あらかじめ、鹿児島県警から福岡県警に、移動させておくことを、決めた。

最終的に、警視庁と、鹿児島県警とで、次のような計画になった。

まず、鹿児島県警は、容疑者、坂本明の身柄を、あらかじめ、前日中に、福岡県警に、車で移しておく。

その後、七月三日に、JR博多駅から、新幹線「のぞみ」で、東京駅まで、坂本明の身柄を、移送する。使用する列車は、N七〇〇系と呼ばれる「のぞみ」である。

具体的には、博多発午前七時、その日のいちばん最初に、博多を出発する、東京行「のぞみ八号」である。

発車するホームは、博多駅の、十三番ホーム。

「のぞみ八号」は十六両編成で、グリーン車が三両、指定席が十両、自由席が三両で、編成されている。十六両の何号車を借り切って、そこに、坂本明を乗せるかについては、議論が噴出した。

二時間近い話し合いの結果、東京方面から見て最後尾に当たる、一号車を使用することになった。

十六両編成の新幹線「のぞみ」の全車両を借り切る、つまり、一列車をチャーターするのなら、坂本明を乗せる車両は、どこでもいいわけである。ほかの乗客は、一人も乗っていないのだから、端《はし》だろうが、中央だろうが、どの車両でも、勝手に使うことができるのだが、一車両だけを借り切る場合には、ほかの車両には、関係のない乗客も乗っているから、中央部の車両では、通路を自由に、ほかの乗客が、通過するし、それを止めることができない。つまり、独立して使えないのだ。

唯一《ゆいいつ》それができるのは、先頭車両と、最後尾の車両だけである。

そこで、最後尾の一号車を借り切ることにした。二号車に行くドアを、閉めてしまえば、一号車全体を、独立させることができる。

博多から東京まで、坂本明を護送する、七月三日の前に、「のぞみ八号」の、一号車を借り切ることにしたが、この件は、護送が終わるまで、内密にしてもらうことを、ＪＲに要請した。

移送計画が決まった時点で、十津川は、臨時の、捜査会議を開き、三上本部長に、くわしく説明した。

「この十六両編成の『のぞみ八号』は、午前七時ちょうどに、博多駅を発車しますが、その前に、坂本明を乗せて、ドアには鍵をかけてしまいます。隣りの二号車に通じるドアも、同じように、鍵をかければ、一号車は、ほかの車両から独立させることができるので、坂本明を守りやすくなります」

「それで、何人の刑事で、一号車を守るのかね？」

と、三上本部長が、きいた。

「鹿児島県警と相談した結果、鹿児島県警と警視庁の双方から、七人ずつの刑事を、選抜して、博多から東京までの、全区間で、『のぞみ八号』の一号車に乗せた坂本明を、守ることにしました」

「双方七人ずつということは、全部で、十四人か」

「そうです」

「博多から、東京まで『のぞみ』は、何時間で走るんだ？」

「何の故障もなく、予定通りに走れば、五時間十三分です」

十津川は、コピーされた「のぞみ八号」の時刻表を、三上本部長をはじめとして、捜査会議に出席した、全ての刑事に渡した。

「博多を午前七時に出発して、小倉《こくら》七時十七分、徳山《とくやま》七時四十七分、広島《ひろしま》八時十分、岡山《おかやま》八時四十九分、新神戸《しんこうべ》九時二十二分、新大阪九時三十七分、京都九時五十三分、名古屋十時三十分、新横浜十一時五十五分、品川十二時七分にそれぞれ発車し、終点の東京駅に着くのは十二時十三分。十八番ホームです」

「一号車の座席は、全部で、いくつあるのかね？」

三上が、細かいことを、質問する。

「五つ横に並んだ座席が、十三列ありますから、全部で、六十五席です」

「博多から、終着の東京まで、五時間十三分もかかるとすると、当然、トイレも必要になるんじゃないのかね？　一号車には、トイレもあるのか？」

と、三上が、きく。

「一号車のデッキにあります」

「デッキといえば、客室の外にあるわけだろう？　その辺の警備は、大丈夫なんだろうね？」

「デッキには、出入口と、二号車に行くドアが、ついていますが、博多を出発すると同時に、この、両方のドアには、鍵をかけてしまいます。ですから、警備上、問題ないと思います」

「もう一つ、乗務員室は、何号車にあるのかね？　一号車に、あればいいが、ほかの車両にあると、連絡するのが大変になるんじゃないのか？」

「その点も、大丈夫です。乗務員を、一号車に待機させます」

「次は、F&Kファンド側の動静だが、原口修一郎の動きは、つかめているのか？」

「残念ながら、現在、行方は、つかめていません」

「問題は、今回決まった、坂本明の移送計画だが、それが、原口修一郎側に、漏《も》れてしまう恐れはないのか？」

「坂本明を、七月三日に『のぞみ八号』で護送することは、ＪＲにも、内密にするよう、要請してありますが、それで、原口修一郎の耳に、全く、届かないかといえば、あまり、期待できないと思っています」

「どうして、そんなに、自信がないんだ？」

と、三上が、十津川を、睨《にら》んだ。

「Ｆ＆Ｋファンドという会社は、莫大な資金を、持っています。人間は、金に弱いものです。原口修一郎が、有り余る資金を使って、こちらの計画を探《さぐ》ろうとしてくるのは、間違いありません。そうなれば、われわれが作った計画が、原口修一郎の耳に、全く届かないという自信は、持てません」

「君は、自信がないというが、それにしては、困ったような顔をしていない。どうしてなんだ？」

と、三上が、きく。

「今、大切なのは、坂本明の身柄を、無事に、東京まで、運ぶことです。同時に、私は、F&Kファンドの、日本支社長、原口修一郎を、坂本の共犯、あるいは、殺人の教唆《きょうさ》で、逮捕したいのです。今日の計画が、原口に漏れたとすれば、原口は間違いなく、坂本明の口を、封じさせようとするはずです。その時に、原口を逮捕したいのです」

「しかし、ヘタをすると、原口修一郎を、逮捕するどころか、坂本明を殺されてしまったり、あるいは、身柄を奪われてしまう可能性も、あるんだろう？」

「もちろん、あります。ありますが、原口修一郎を逮捕できる可能性もあります」

「もう一つききたい。君は今、原口修一郎の耳に、移送計画が、漏れてしまっても、原口修一郎を、逮捕するチャンスにもなると、いった。しかし、君の立てた計画によると、刑事たちは、一号車に閉じこもってしまうわけだろう？　つまり、昔でいえば、城に籠城《ろうじょう》するようなものだ。たしかに、守るにはそれでいいだろうが、『のぞみ八号』に、原口たちが乗り込んできても、逮捕できないいんじゃないのか？　その点は、どう、考えているんだ？」

「たしかに、今、本部長がいわれた危惧《きぐ》は、あります。そこで、一号車以外の十五両の車両にも、一車両二人ずつの刑事を、配置することにしました。二人の刑事をコンビにして、二号車から、十六号車の各車両に配置します」

「最後の質問だが、犯人たちが、『のぞみ八号』での、坂本明の移送計画に、気がついたとしよう。その場合、どんな形で、攻撃してくると、君は、考えているのかね？」

「原口修一郎が、金を使って、何人の人間を雇うのか分かりません。たぶん、最初は、雇った人間を、一般乗客の形で、七月三日の『のぞみ八号』に乗り込ませ、一号車にいる、坂本明を殺すか、あるいは、奪い取るかの行動をするものと、思います。それが、うまく行かず、『のぞみ八号』が東京に近づいてきた場合は、第二の手段を取るものと、考えます」

「第二の手段というと、例《たと》えば『のぞみ八号』の爆破とか、乗っ取りのようなことか？」

「そうです」

「しかし、『のぞみ八号』の一号車には、ウチと鹿児島県警から、合計十四人の刑事が、乗っている。さらに、ほかの十五両の車両にも、それぞれ、二名ずつの刑事を乗せるわけだろう？」

「そうです」

「その中で、犯人が、車内に爆薬を仕掛けることができるとは、とても思えないがね」

と、三上が、いった。

「その通りです。彼らが『のぞみ八号』に、爆発物を仕掛けるとは、思えません」

「では、犯人は、どうすると思っているのかね？」

「博多から東京まで、何本もの川が流れ、また、浜名湖《はまなこ》のような湖も、あります。『のぞみ八号』は、そこにかかる鉄橋を渡らなければ、東京には、着けません。車内での殺害、あるいは、奪還に、失敗した犯人たちは、次は、川にかかる鉄橋、あるいは、浜名湖にかかる鉄橋に爆薬を仕掛けておいて、通過する『のぞみ八号』を、鉄橋ごと爆破しようとするのではないかと思うのです。この場合は、各鉄橋にも、刑事を手配して、爆薬を仕掛けるのを防ぐか、あるいは、別の方法で防ぐより、仕方がありません」

と、十津川が、いった。

九州から東京まで、太平洋側に流れ出る川は、数が多い。十津川が思い出しただけでも、天竜川《てんりゆう》、大井川《おおい》、富士川《ふじ》、相模川《さがみ》、多摩川《たま》と、一県に、一つくらいの割合で、鉄橋のかかる大きな川が、あるのだ。

3

決行の前日の七月二日に、十津川は、鹿児島県警に電話をした。

坂本明が、福岡県警に、移送されたかどうかを、確認するためである。

「すでに、鹿児島県警から福岡県警に、坂本明の身柄は、移してあります」

という返事が、戻ってきた。

これで、七月三日、坂本明の移送計画が、実行に、移される。

七月二日のうちに、十津川、亀井、西本、日下《くさか》、三田村、北条早苗、そして、片山《かたやま》の七人が、福岡に飛んだ。

そして、いよいよ七月三日。晴れ。

博多七時発の『のぞみ八号』は、定刻に発車した。

最後尾の一号車に、十津川たち七人の警視庁の刑事と、同じく、七人の鹿児島県警の刑事が乗った。

もちろん、犯人の坂本明も、乗っている。

坂本明は、相変わらず黙り込んだまま、誰が、何を話しかけても、一向にしゃべろうとはしない。

十六分後に小倉に着き、その後、「のぞみ八号」は、三百キロ近いスピードで、ひたすら東京に向かって走る。

徳山七時四十七分、広島八時十分、岡山八時四十九分。

どの駅にも、坂本明を、奪還しようとする犯人たちの姿はなかった。

だんだんと、一号車にいる、刑事たちの緊張が、緩《ゆる》んでいった。

若い西本刑事や日下刑事などは、一号車の車内を、見回して、

「こんなに刑事だらけだと、坂本明を、どうこうしようというわけには、いかないでしょうね。手を出すことが、できないと思いますがね」

と、いって、笑っている。

「おい、油断するな。まだ、分からないぞ。何しろ、東京まで、あと三時間以上もあるんだからな」

叱りつけるように、亀井が、いった。

しかし、九時二十一分、新神戸、九時三十五分、新大阪に到着しても、何も起こらない。

「のぞみ八号」は、予定通りに、快適に走り続けている。

こうなると、亀井までが、

「向こうさんは、この列車を襲うのを諦《あきら》めたんじゃありませんか？　これだけ厳重に、警戒していますからね。こうなると、東京駅に、着いた時のほうが、危険なんじゃありませんか？　向こうさんは、乗降客に紛《まぎ》れて、襲ってくるかもしれませんよ」

と、十津川に向かって、いった。

「いや、私は、そうは思わない」

と、十津川が、いった。

「のぞみ八号」は、三百キロ近いスピードで走っている。しかし、列車という、限られた空間の中である。

たしかに、一号車には、刑事が十四人も乗っているし、ほかに、各車両に、二名ずつの刑事が乗っているが、襲うとしたら、東京駅よりも、やはり、この列車のほうが、襲いやすいはずだ。

十津川は、そう思っていた。

京都着九時五十一分、二分後に発車。名古屋十時二十九分着、三十分発車。

依然として、何も起きない。

終点の東京が近づくにつれて、十津川も少しずつ、自分の考えに自信がなくなっていった。

あと一時間と少しで、東京に着く。

残りの停車駅は、新横浜と品川の、二つだけである。

犯人たちは、坂本明の奪還を諦めてしまったのだろうか？　それとも、亀井がいうように、東京駅で、待ち伏せしているのか？

鹿児島県警の島田警部は、十津川に向かって、

「この『のぞみ八号』で、坂本明を護送していることを、向こうは、知らないのではありませんか？」

と、いい出した。

「いや、それはありませんよ。絶対に知っているはずです。そんなに、生やさしい相手では、ありませんから」

と、十津川が、答えた。

浜名湖の鉄橋を通過する。

ひょっとして、鉄橋に、相手は、爆薬を仕掛けるのではないか？　そんなことも考えていたので、一瞬、十津川は、緊張したが、ここでも何事も起きなかった。

静岡《しずおか》を過ぎる。

函南《かんなみ》で「のぞみ八号」は、新丹那《しんたんな》トンネルに入っていった。

その時、突然、急ブレーキがかかった。

立っていた刑事が、倒れかけた。

それでも、三百メートル近く走って、列車は、ようやく停まった。

十津川がデッキに出ると、待機中の車掌が、ふり向いた。

「何があったんですか？」

と、十津川が、きく。

「ATCが、働いたんです。軌道内に、何か障害物を発見したのだと思いますね。とにかく、本社に、連絡します」

と、車掌が、いった時、突然、車内の電気が消えた。

その代わりに、小さな非常灯が点《つ》く。

「架線《かせん》の異常です。架線が、何らかの理由で、切れてしまったのかもしれません」

その車掌の声を、あざ笑うように、今度は、トンネル内の明かりが、消えていった。

「これは、架線の異常なんかじゃない！　気をつけろ！」

十津川が、大きな声で、いった。

「何者かが、われわれを、トンネルの中に閉じ込めたんだ」

異変を感じて、亀井と、鹿児島県警の島田警部が、デッキにやって来た。

「すぐ、このトンネルから出るように、運転士にいってくれ」

島田警部が、車掌に、いった。

「しかし、電気が来ていないと、列車は、動きたくても動けません」

と、車掌が、いう。

それでも、車掌は、携帯を使って、運転士に、連絡を取った。

「やはり無理です。停電の状態なので、列車は動きません」

「それじゃあ、歩いて、トンネルを抜けるしか方法がないのか？」

島田が、車掌の携帯を、取り上げて、先頭車両の運転士に、きいた。

「それもできません」

運転士が、いう。

「どうしてだ？」

「前方の出口が、塞《ふさ》がってしまっていますから」

と、運転士が、いう。

「こんな大きなトンネルを、いったい誰が、どうやって塞いだんだ？」

「分かりませんが、とにかく、出口を塞がれてしまっています」

運転士が、繰り返す。

その時、後方で、爆発音が、聞こえた。

十津川は、手動でドアを開けて、線路に飛び降りた。亀井や島田警部が、続いて飛び降りる。

三人とも、自動拳銃を、ポケットから取り出していた。

一号車の後ろのほうで、煙が、上がっている。後方には、トンネルの入口があるはずなのだが、なぜか、明かりが見えない。入口が、消えてしまったのか？　入口のあたりに、二メートルほどの、小さな空間があり、そこだけが明るい。

その明るさの中に、五、六人の人影が浮かんでいた。

その人影のほうから、声が、飛んできた。

「刑事さんか？」

と、大声で、きく。

「そうだ」

「われわれは、爆弾を持っている。今、爆発させたのは、火薬の量が少ないもので、誰も傷つけなかったはずだ。しかし、次に、爆発させる時は、本物だ。何人もの人間が、簡単に死ぬぞ。そんなことに、ならないように、要求する。すぐ、坂本明を引き渡してもらいたい」

「無理だ。そんな取り引きに、応じることはできない」

十津川も、大声で、いい返した。

「そんなことをいってもいいのか？　私が連絡すれば、仲間が、この新丹那トンネルの出入口の両方を、塞いで、生き埋めにするぞ」

と、相手が、いった。

「あんたは、F&Kファンド日本支社長の、原口修一郎だろう？」

亀井が、大声で、きく。

それに、答えはなく、男の声が、

「そんなことはどうでもいい。あと一分待ってやる。答えがなければ、全員、生き埋めだ」

「だから、取り引きは、できないといっているんだ！」

十津川が、怒鳴《どな》る。

急に、相手の声が、変わった。どこかに、連絡をしているらしい。

その声が、トンネルに反響して、十津川たちの耳にも聞こえてくる。

「これから、俺たちは、トンネルから出る。そうしたら、入口を塞いでくれ」

途端に、轟音《ごうおん》とともに、トンネルの入口が、塞がっていく。小さな方形の明かりが、たちまち消えていく。

男の狼狽《ろうばい》する声が、こだました。

「バカ、俺たちはまだ、トンネルの中だ！　早すぎるぞ！」

しかし、続いて、二回目の轟音が響き、わずかにあった明るさも、消えてしまった。今や、トンネル内の、明かりは、列車内の、非常灯の明かりだけである。

「原口さん！」

十津川が、大声で、呼びかけた。

「あんたも、見事に裏切られたんだよ。F&Kファンドの、お偉方は、あんたも、われわれと一緒に、ここに生き埋めにするつもりなんだ」

4

数人の男たちが、十津川のほうに歩いてきた。その中に、原口もいた。

「あんたが、いう通りだ。おれまで見事にやられたらしいが、こうなったら、どうしようもないな」

原口が、十津川に、いった。その顔が、ゆがむ。

「トンネルの両側を、どうやって、塞いだんだ？　簡単に塞いだが、まさか、土砂を、大量に集めてきて、それを使ったというわけじゃ、ないだろう？」

「鋼鉄製の巨大な板で、塞いだんだ。そんなに厚いものじゃないが、それでも、人間の力では、びくともしない」

「この新丹那トンネルの入口を塞ぐような、そんな大きな鋼鉄製の板を、持ち歩くことはできないだろう？」

「もちろん、一枚板じゃない。何枚かを、ほんの数分で、組み立てられるようになっている」

「われわれは、外に、出られなくなりましたが、向こうだって、ここには、入ってこられないわけでしょう？　空気だって、簡単にはなくならないから、そのうちに、助けが来るんじゃありませんか？」

鹿児島県警の島田警部が、十津川に、いった。

「その点を、あんたたちは、どう、考えていたんだ？」

十津川が、原口に、きく。

「どうするかまでは、聞いていないが、たぶん、毒ガスを注入するんじゃないか？」

「毒ガス？　そんなものを、Ｆ＆Ｋファンドは、持っているのか？」

「Ｆ＆Ｋファンドは、儲《もう》かるところなら、どこにでも顔を突っ込んでいる。たしか、戦争中に作られた毒ガスの処理も、引き受けているはずだ」

原口は、いった後、急に、ニヤッと笑って、

「何だ、新幹線があるじゃないか」

と、新幹線の車体を、手で叩《たた》いた。

「こいつを、塞いでいる鉄板にぶつければ、簡単に、穴が開くさ」

彼は、車掌を見つけると、

「この列車は、全部で、どのくらいの重さがあるんだ？」

と、きいた。

「Ｎ七〇〇系だから、十六両編成で、七百十五トンです」

と、車掌が、いう。

「それなら、これを、ぶつければ、鉄製の板は、簡単に、吹き飛んでしまうさ。それで、全員助かる」

「ダメだ。新幹線を動かす、肝心《かんじん》の電気が、来ていない」

と、十津川が、いった。

「新幹線は、君がいうように、重量があるが、電気がなければ、一センチも動かないんだ。その電気は、さっきから、切られてしまっている」

「しかし、車内に、明かりが点いているじゃないか？」

「これは、非常灯だ。これも、間もなく消えるはずだ」

「そうなると、全員が、このトンネルの中で、死ぬというわけか」

原口が、舌打ちをした。

新丹那トンネルを、両側から塞いでしまった、巨大な鋼鉄製の板、その上のほうに、穴が開いていて、突然、その穴から、白い煙が、入ってきた。

西本刑事たちは、さっきから、携帯で、外部と、連絡を取ろうとしていたが、十津川に、

「携帯が通じません」

と、いう。

「無理だよ。鉄製の蓋《ふた》を、してしまっているからな。それが、邪魔をして、携帯の電波が、外には、届かないんだ」

原口が、怒ったように、いう。

白い煙は、少しずつだが、トンネルの中に入り続けている。

これが毒ガスなら、間もなく、全員が死んでしまうだろう。

十津川が、覚悟を、決めた時、先頭車の運転士から、至急、相談したいことがあると、車掌が、やってきた。

十津川は、亀井と島田警部を伴って、車内の通路を駆け出した。車掌も続いてくる。

5

十津川たちを、待っていた運転士は、五十二歳、新幹線の運転歴二十年という、ベテランだった。

その運転士が、十津川たちを、迎えて、

「何とかして、トンネルから、抜け出さなければいけません」

と、いった。

「そんなことは、分かっているんだ」

島田警部が、怒った口調で、いい返す。

「鉄製の板で、出入口が、塞がれてしまっているんだ。人間の力では、どうしようもないだろう？　どうやって、脱出するというんだ？」

「そうです。人間が、いくら集まっても、びくともしません。さっき、乗客の五、六人が、トンネルの入口まで行って、塞いでいる鉄製の板を、動かそうとしましたが、全く、動きませんでした」

「当たり前だ」

「そうなると、あとは、新幹線の車体を使うしかありません」

「それは分かっているんだ。しかしだね、電気が切られているから、一センチも動かない。まさか、みんなで、押していって、鉄製の板に、ぶつけるのか？　人間が、何人集まったって、こんな重い、新幹線の車体が、動くものか」

島田警部が、相変わらず、大声で、文句をいう。

「もちろん、人間の力では、どうしようもないことは、よく、分かっています。そこで、ご提案です」

と、運転士が、いった。落ち着いた声だった。

「原発の事故があったりして、世の中の流れは、節電です。ＪＲでも、節電に協力しようと、上のほうが、考えました。特に、新幹線は、大量の電力を、食いますから、何とか節電はできないかと、研究したそうなんです」

「それで？」

十津川が、先を、促《うなが》した。

「電車は、新幹線も、そうですが、モーターで動きます。ただ、ブレーキをかけた時には、仕組みは、よく分からないのですが、モーターが、発電機になって、大量の電気が発生するんです」

「そういえば、同じようなことを、聞いたことがありますよ」

と、亀井が、いった。

「たしか、自動車でも、ブレーキを踏むと、電気が発生する。その電気を溜《た》めておいて、使えないかと、今、研究が、進んでいるという話を、聞いたことがあります」

「そうなんです。新幹線は、停車する時に、大きなブレーキの力を、使いますから、発生する電気の量も、それだけ、大きいのです。今までは、それを、無駄に逃がしていたのですが、何とか、それを溜めておいて、使えないかということで、N七〇〇系の『のぞみ』では、一号車と十六号車、先頭車両と最後尾の車両の下に、蓄電池を、設置しています。自動ブレーキが働いて、電気が発生するたびに、その電気を溜めて、博多から、東京までの間に、いったい、どのくらいの電気が溜まるかを、試しているんです。もちろん、この『のぞみ八号』にも、一号車と十六号車の床下に、蓄電池が、付けてあります。博多を出発してからここまで、すでに、何回も停車していて、ブレーキを何回もかけていますから、かなりの量の電気が、床下の蓄電池に、溜まっていると、思うのです。それでも、それほど大量の電気とは思えませんが、一回だけでも、それを使って、この車両を、前方の鉄板に、ぶつけてみてはどうかと、思うのです。もちろん、十六両全部は、無理でしょうが、先頭車両だけなら、動くでしょう。それだけでも、五十トンあります。期待しているだけの電気が溜まっていれば、時速二百キロ近くで、鉄製の板に、ぶつかることができるはずです。そうすれば、鉄板が壊《こわ》れて、外に出られるかもしれません」

と、運転士が、いった。

運転士の言葉で、十津川たちの顔が、急に明るくなった。

「よし、それでやってみよう」

と、島田警部が、叫ぶ。

運転士は、その言葉を、押さえるように、

「ただ、問題は、どのくらいの電力が、溜まっているかです。それに、動いたとしても、一回しか試せないと思います」

「ここからトンネルの出口まで、どのくらいの距離があるんですか？」

十津川が、運転士に、きいた。

「さっき歩いてみましたが、二千メートルくらいです」

「その二千メートルの間に、スピードは、どのくらいまで上げられるんですか？」

「このN七〇〇系は、モーターが、優秀ですから、おそらく、三百メートルくらいで時速百五十キロくらいになると、思います」

と、運転士が、いった。

「なるべく、スピードを上げて、車体をぶつけてください」

と、十津川が、頼んだ。

まず、先頭の車両だけを切り離す。二両目以下の車両は、この場合、ブレーキにしかならないからである。

次に、先頭車に乗っている、一般の乗客を、危険なので、隣りの車両に、移した。

その代わりに、刑事を数人、乗せることにした。

運転士が手動に切り替えて、スイッチを入れた。

モーターが唸《うな》り声をあげる。とりあえず、電気は溜まっていたのだ。

運転士が慎重に、アクセルを、前に倒していく。

たった一両の車両である。長さ二十五メートル、重さ約五十トンの車両が、五十キロ、百キロと、徐々にスピードを上げていく。

突然、目の前に、黒い、鉄製の壁が現われた。

運転士を含めて、全員が、衝突《しょうとつ》に備えて、身体を突っ張った。

猛烈な衝撃音が襲った。

しかし、新幹線の先頭車両は、弾き返されはしなかった。むしろ、鉄製の板に、突き刺さるように、突進していった。

鉄板の一部が、ねじ曲げられ、吹き飛んだ。ぽっかりと、穴が開き、陽《ひ》の光が差し込んできた。

十津川は亀井と一緒に、車両から、線路上に飛び出した。

「君はすぐ、東京駅に、連絡をしてくれ。私は、捜査本部に報告する」

十津川が、いった。

「私は、犯人たちが、逃げないように、監視してきます」

そういって、島田警部は、トンネルの中に戻っていった。

6

原口修一郎たちが、新たに逮捕された。

坂本明は、原口が逮捕されたと聞き、急にしゃべり始めた。

原口修一郎も同じである。彼も、F&Kファンドの被害者になったのだ。

しかし、F&Kファンドは、原口修一郎や坂本明が引き起こしたことは、全て二人の勝手な行動であり、会社としては、何ら関知していないと、主張した。

そのための、弁護士が、二十人以上も、用意された。これから、はたして、F&Kファンドの犯罪として、証明されるのかどうかは、十津川にも、分からない。

今、十津川に、分かっているのは、三田村刑事が、休暇を取り、鹿児島の病院に入院している中曽根恵を、訪ねていったことだった。

本書は、徳間書店より二〇一二年一二月新書判で、一四年八月文庫判で刊行されました。

なお、本作品はフィクションであり、実在の個人・団体などとは一切関係がありません。その他、路線名、駅名、列車名、ダイヤ、風景描写などは、初刊時のままにしてあります。

火の国から愛と憎しみをこめて

一〇〇字書評

切り取り線

購買動機（新聞、雑誌名を記入するか、あるいは○をつけてください）	
□（　　　　　　　　）の広告を見て	
□（　　　　　　　　）の書評を見て	
□ 知人のすすめで	□ タイトルに惹かれて
□ カバーが良かったから	□ 内容が面白そうだから
□ 好きな作家だから	□ 好きな分野の本だから

・最近、最も感銘を受けた作品名をお書き下さい

・あなたのお好きな作家名をお書き下さい

・その他、ご要望がありましたらお書き下さい

住所	〒				
氏名		職業		年齢	
Eメール	※携帯には配信できません	新刊情報等のメール配信を 希望する・しない			

この本の感想を、編集部までお寄せいただけたらありがたく存じます。今後の企画の参考にさせていただきます。Eメールでも結構です。

いただいた「一〇〇字書評」は、新聞・雑誌等に紹介させていただくことがあります。その場合はお礼として特製図書カードを差し上げます。

前ページの原稿用紙に書評をお書きの上、切り取り、左記までお送り下さい。宛先の住所は不要です。

なお、ご記入いただいたお名前、ご住所等は、書評紹介の事前了解、謝礼のお届けのためだけに利用し、そのほかの目的のために利用することはありません。

〒一〇一－八七〇一
祥伝社文庫編集長　坂口芳和
電話　〇三（三二六五）二〇八〇

祥伝社ホームページの「ブックレビュー」からも、書き込めます。
http://www.shodensha.co.jp/
bookreview/

祥伝社文庫

火《ひ》の国《くに》から愛《あい》と憎《にく》しみをこめて

令和元年6月20日　初版第1刷発行

著者　西村京太郎《にしむらきょうたろう》

発行者　辻　浩明

発行所　祥伝社《しょうでんしゃ》
東京都千代田区神田神保町3-3
〒101-8701
電話　03（3265）2081（販売部）
電話　03（3265）2080（編集部）
電話　03（3265）3622（業務部）
http://www.shodensha.co.jp/
印刷所　萩原印刷
製本所　積信堂
カバーフォーマットデザイン　芥陽子

 ISBN978-4-396-34537-2 C0193

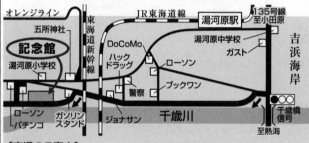

西村京太郎ファンクラブのお知らせ

会員特典（年会費2200円）

◆オリジナル会員証の発行
◆西村京太郎記念館の入場料半額
◆年2回の会報誌の発行（4月・10月発行、情報満載です）
◆抽選・各種イベントへの参加（先生との楽しい企画考案中です）
◆新刊・記念館展示物変更等のハガキでのお知らせ（不定期）
◆他、追加予定!!

入会のご案内

■郵便局に備え付けの郵便振替払込金受領証にて、記入方法を参考にして年会費2200円を振込んで下さい　■受領証は保管して下さい　■会員の登録には振込みから約1ヶ月ほどかかります　■特典等の発送は会員登録完了後になります

［記入方法］**1枚目**は下記のとおりに口座番号、金額、加入者名を記入し、そして、払込人住所氏名欄に、ご自分の住所・氏名・電話番号を記入して下さい

郵便振替払込金受領証　窓口払込専用

口座番号		金額
00230-8-17343		2200
加入者名	西村京太郎事務局	料金（消費税込み）　特殊取扱

2枚目は払込取扱票の通信欄に下記のように記入して下さい

通信欄
(1) 氏名（フリガナ）
(2) 郵便番号（7ケタ）※必ず7桁でご記入下さい
(3) 住所（フリガナ）※必ず都道府県名からご記入下さい
(4) 生年月日（19××年××月××日）
(5) 年齢　(6) 性別　(7) 電話番号

※なお、申し込みは、郵便振替払込金受領証のみとします。
メール・電話での受付は一切致しません。

■お問い合わせ（西村京太郎記念館事務局）
TEL 0465-63-1599

〈祥伝社文庫　今月の新刊〉

中山七里
ヒポクラテスの憂鬱
その遺体は本当に自然死か？〈コレクター〉を名乗る者の書き込みで法医学教室は大混乱。

渡辺裕之
傭兵の召還 傭兵代理店・改
リベンジャーズの一員が殺された――その鍵を握るテロリストを追跡せよ！　新章開幕！

井上荒野
赤へ
第二十九回柴田錬三郎賞受賞作。ふいに立ちのぼる「死」の気配を描いた十の物語。

乾　ルカ
花が咲くとき
小学校最後の夏休み。老人そして旅先での多くの出会いが少年の心を解く。至高の感動作。

佐藤青南
市立ノアの方舟 崖っぷち動物園の挑戦
素人園長とヘンクツ飼育員が園の存続をかけて立ち上がる、真っ直ぐ熱いお仕事小説！

結城充考
捜査一課殺人班イルマ **オーバードライヴ**
警視庁vs.暴走女刑事イルマvs.毒殺師「蜘蛛」。狂気の殺人計画から少年を守れるか!?

西村京太郎
火の国から愛と憎しみをこめて
ＪＲ最南端の駅で三田村刑事が狙撃された！発端は女優殺人。十津川、最強の敵に激突！

梓林太郎
安芸広島　水の都の殺人
私は母殺しの罪で服役しました――冤罪を訴える女性の無実を証すため、茶屋は広島へ。

有馬美季子
はないちもんめ　夏の黒猫
川開きに賑わう両国で、大の大人が神隠し!?料理屋〈はないちもんめ〉にまたも難事件が。

喜安幸夫
闇奉行　切腹の日
将軍御用の金塊が奪われた――その責を負った盟友を、切腹の期日までに救えるか。

香納諒一
約束 Ｋ・Ｓ・Ｐアナザー
すべて失った男、どん底の少年、悪徳刑事。三つの発火点が歌舞伎町の腐臭に引火した！